少年サイ族

幕張

椎名誠

東京新聞

幕張少年マサイ族

潮風の朝

初めて千葉を見たのは五歳のときだった。酒々井《しすい》という、むじなが夜に月に化けるという怪しい山奥の村だった。むじなというのは狸《たぬき》に似た動物。

ぼくの生まれたところは東京の三軒茶屋だったので、初めて見る酒々井の寒村の風景はずいぶん不思議な世界だった。でも半年もしないうちにまた引っ越しになり、そこへ行くまで、ぼくは引っ越しのトラックに乗っていた。断片的に覚えていることのひとつは東京湾に近づくにつれて運転席の向こうがどんどんひらけて明るくなり、目の前に猫が羽根を生やしたような大きな鳥がたくさん飛んでいたことだった。そしてそこが幕張だった。

さらにぼくはそこで人生で初めて「海」を見たのだった。

このヘンテコな題名の本はその町に青年時代まで住んで東京にまた戻っていく頃までの、とくに少年時代に根ざした話が中心になっている。

潮風の朝

粗製濫造《そせいらんぞう》作家を自認するぼくはこれまでに二百八十冊ものいろんなガラクタ本を書いてきたけれどその時代の話を書くのはこれが初めてなのである。

思えば記憶の中で断片的にたくさん散らばっているその頃の出来事をこうして書いてみると、こまかい記憶が連鎖的にどんどん流れてきて、結果的にああ、あの頃は実にいい時代だったんだなあ、とときおり原稿を書く手を休め、その頃の〝黄金の少年時代〟にひっそり思いを馳せていた。

この本の題名について最初にちょっと説明しておく。

本書に書いてあるとおり四季を通じて暖かいところなので少年時代、友達らとしょっちゅう海に行っていた。

小学生になってたちまち地元と同じ丸刈りの子となり、ぼくはまぎれもない〝海の子〟いやもとい〝海のガキ〟になっていた。夏休みはほぼ毎日海に行って仲間たちと遊んでいたが、弁当など気のきいたものを持っていくやつは誰もいなかったので、遊びながら捕る大きなハマグリやガザミ（菱形をした大きな蟹《かに》）を捕まえて生のまま食べた。

遠浅の幕張の海は子どもらにとって絶好の〝黄金〟の遊び場だった。水泳ができ、舟遊びができた。今思えば三丁目の沖合に太い竹がさしてあり、なんとそこからは真水が常にあふれ出ていた。あれはなんだったのだろう。今になるとマボロシのように思う。ぞんぶんに遊んで、帰りにはシャコやトリ貝なんかをいっぱい捕って家に帰った。

でも潮干狩りのシーズンになると都会からたくさんの潮干狩り客がやってきて、彼らは簡単に捕れるシオフキやアサリなどを掘るのに夢中になっていた。シオフキはやたらに捕れるけれど砂だらけで地元の子はまったく捕らない。アサリだってぼくたちはもうバカにして誰も捕らなかった。

でもそんなろくでもない貝を捕るにも潮干狩りをするには漁業組合が発行する「貝掘り券」というのを買わなければならなかった。

それを持っているかいないか見張ってまわる「浜番《はまばん》」という人が何人かいた。今思えば漁師の現役をしりぞいた老人ばかりだったのだろうけれど、彼らはなぜがみんな長い竹の棒を持っていた。

ぼくたちはそんな券など買うわけはなく、地元の子ならではの穴場を知っていたからそういうところで大きなハマグリなどをじゃんじゃん捕っていた。長い竹の棒を持った浜番がやってくると子どもは目がいいからすぐに発見して素早く逃げてしまい一度も誰も捕まらなかった。

考えてみると、あの頃ぼくたちも浜番みたいにみんな竹の棒を持っていた。長いのや短いのやいろいろだった。海に出ると時に危険な状況がある。いちばん用心しなければならないのは南風の強い大潮のときに波打ち際に行くことだった。そういうときはなぜかカレイや毒もちのアカエイが波打ち際にあたまを揃えていっぱい集まってくる。カレイは持って帰ると家族に喜ばれるが、同じように見えるアカエイは刺されるとヤバイからぼくたちは海に突っ込んで行く前にその竹竿《たけざお》を使うのだ。

後年、作家の取材仕事でアフリカに行ったとき、ケニアやタンザニアなどでマサイ族をよく見た。彼らは背が高く鋭い目をしてみんな長い槍《やり》を持っていた。それはすぐに少年の頃に常に恐怖のマトでもあった海の浜番の記憶につながっていった。

あの頃、ぼくたちは恐れていたけれど、けっこう浜番に憧れていたのだろうと思う。だからぼくたちも浜番のまねをしてみんな長い竹竿を持つようになっていたのだ。この本の題名はそんな記憶の風景から生まれた。

この本のイラストを描いている沢野ひとし君は千葉の高校の同級生だ。

彼も小学校時代に名古屋から転校してきた千葉の海育ちだ。だから本書に描いてくれた彼の作品群

著者がアフリカで撮影したマサイの人々

からは、ぼくには描けないあの当時のなんともいえない郷愁と愛惜と無念を感じてしまう。

結局あの広大で贅沢《ぜいたく》な海浜《かいひん》草原と、百万の小さな生物が賑《にぎ》やかに息づいていたビオトープと、そこで毎日活発に飛び跳ねていたぼくたち少年マサイ族は、怪物のような幕張メッセによって絶滅させられていったのである。

二〇二一年三月

椎名　誠

潮風の朝 3

※本書は「東京新聞　千葉版」で2016（平成28）年11月6日から2020（令和2）年12月6日まで連載された「過ぎし楽しき千葉の日々」に加筆、修正したものです。

東京都
千葉県
花見川
江戸川区
船橋市
14
浜田川
浦安市
千葉市
幕張
東京
ディズニー
リゾート
東京湾
袖ケ浦
海浜公園
袖ケ浦市
N
3km

幕張少年マサイ族

メッセはその頃海浜草原だった

幕張メッセを一度でも眺めた方はちょっと頭に思い浮かべていただきたい。あの広大な立体都市全体が短い年月だったけれど緑の草に覆われていた時代があったのです。

埋め立てされる前、旧来のかつての海は国道14号線のすぐそばまで迫っていた。台風のときなどあの「波静かなる袖ケ浦」も激しく波うち騒ぎ、国道まで大波が打ち寄せることもあった。

今のような高層ビルの林立する前、ぼくたちは「幕張草原」と呼んでいた。草原にはいろんな虫や野鳥もいて賑やかな野性があった。

草原に寝ころがっているとヒバリがチキチキ鳴きながら垂直に降《お》りてきて、また垂直にとびあがっていくのがカッコよかった。

町の背後に広がる田園とその周辺につらなる広大な湿地や水域にはシラサギがしょっちゅうきていたが、時々びっくりするほど大きな白い鳥がやってくるのでぼくたちは「白鳥だ！」と大騒ぎをしたが、その頃よく来ていた空気銃によるスズメ撃ちが「あれは白鳥ではなくオオミズナギドリというのだよ。海の鳥だよ」と教えてくれた。そういえば埋め立て前の海岸でも時々見ていた。その頃ぼくはそういうおじさんが持っている空気銃にあこがれていた。直径五ミリのナマリ弾を一発つめて発射する。大人になったら絶対買おう、と思った。でも大人になるとそういうものを持つには許可だけ得るのにもえらくたいへんになっており、都会に住んでいると使いみちがなかった。

ぼくたちの前に突然広がった海の草原に、そのオオミズナギドリが三羽とか四羽とか数を増やしてやってきた。一羽のときは静かなのだけれど三、四羽になるとびっくりするくらい大きな声で鳴き、一羽鳴くとみんなで競うように鳴いて、まるでみんなで世間話をしているようだった。

「鳥もああして集まるとおばさんみたいになるんだなあ」

ぼくは昼寝を邪魔されたけれど感心してその騒ぎをそんなふうに聞いていた。

この広大な草原に行くと隣町の検見川《けみがわ》少年団との喧嘩《けんか》がときおり起きた。花見川を挟んでの石投げが遺恨になって草原のタタカイは加熱していった。

でも草原には手頃な小石がなく、かといって双方なんの理由もなく接近していって殴り合いをするほどの憎しみも攻撃力もなかったから、互いににらみあいながらやがて距離をあけていった。草原はそれだけ広大かつ寛容だったのだ。

時々夕方頃にアベック（まだカップルなどというコトバがなかった）がやってくるとぼくたちは草むらに身を伏せ、平蜘蛛《ひらぐも》と化し、ドキドキしながらアベックのシアワセで不用心な二人の世界を草の陰から眺め、いろいろ学習していた。それは隣町の少年団と喧嘩するよりもよほど楽しく重要なことだった。

大規模な埋め立て工事によるものなのか、草原の先端あたりに行っても陸地からの距離や海水の深さから当然捕れるはずのハマグリもマテ貝も赤貝もトリ貝もほとんど捕れなくなっていった。

仕方がないのでぼくたちは検見川少年団と遭遇するのも覚悟して、両方の境界線になっている花見川へ釣りに行った。アシがいっぱい茂っていてヨシキリがチャッキチャッキいたるところで騒いでいた。

河口の砂を掘るとたちまちカンヅメのカラいっぱいぐらいにイソメ、ジャリメなど魚がよく釣れる餌が捕れ、それでハゼやボラなどを捕りまくった。

ハゼは家に持ち帰ると、母がその日の夕食のときに天プラにしてくれた。ほかほかのゴハンの上にのせて食べると、これは〝人生幸せの味〟だ、と思った。まだたいして生きていない人生だったけれど。

あのお嫁さんがほしいほしい事件

ぼくが生まれて初めて千葉を見たのは五歳の頃で、東京から越していった五歳の頃の記憶はおぼろだ。

そこが「酒々井《しすい》」という町だったのをあとで知った。酒飲みの大人だったらこれほど魅力に満ちた地名はないだろうけれどその頃のぼくには関係なかったからなあ。

かなり奥深い山の中の町だ、という記憶がある。ぼくは歳《とし》の離れた五人兄弟の下から二番目で、その引っ越しがきっかけになって都内の大学と高校に行っていた兄と姉は東京の親戚の家に居候することになった。当時の交通では家から学校に通いきれなかったのだ。

ぼくはその今までとは全然環境の違う田舎町でつまりは「モノゴコロ」つい

ていったわけだ。

　それまで住んでいたのは石垣に囲まれた大きな家だったので子ども心にもその違和感に戸惑っていたのだろうと思うのだが記憶はあまりない。

　父親が当時数が少ないといわれていた公認会計士という仕事をしていて、世田谷では「はぶり」がよかったと後年、兄や姉から聞いていたので、なにかそういう仕事の世界で思わぬ失敗があり、つまりは「みやこおち」ということになったのかも

井戸から酒が湧いたという「酒の井」伝説を伝える石碑。地名の由来となった＝千葉県酒々井町で

しれない。すでに父や兄は他界していてそのへんのくわしい話は聞けずじまいだった。

五歳のぼくはその町での暮らしが楽しかった。家の門の横に大きな紅葉の木が生えていて、枝が組み入っているので子どもでもなんとか登ることができた。道路の向かいが警察官の家で、そこにぼくと同じぐらいの子どもがいて友達になった。

紅葉の木の上からその子と一緒に小便をしていたら「そんなことをしているとチンポコが曲がるよ」と近所のおばさんに怒られた。でも面白いのでチンポコが曲がるのを覚悟して、下を行く犬なんかに小便をひっかけていた。

あるときその紅葉の木の上から馬車の荷台にすわって走り過ぎていく花嫁さんを見てぼくはショックを受けた。まあ、戦後のなにもかも薄汚れた風景や人々に囲まれていた時代だったから、五歳の幼児には夢のように美しい光景だったのだろう。

ぼくはたちまち紅葉の木から降りて自宅の客間に閉じこもり、襖《ふすま》をきっちりしめて「あのお嫁さんがほしい。あのお嫁さんがほしい！」と言って泣いた。

その小さな〝事件〟はその後家族で思い出話をするときに、その日が日曜日だったので兄や姉も自宅にいて一部始終を知られていたから「マコトのお嫁さんほしいほしいほしい騒動」として必ずからかわれることになった。

家の前は幹線道路だったと思うが、その頃はまだ砂利道だった。たぶん県道だったのだろう。

家の裏には蕗《ふき》がたくさん生えていて、その後ろは竹藪《たけやぶ》だった。近所の人から「ヌメッチョ」がいるからそこへ行ってはいけないと言われていた。たぶんへビでもいたのだろうと思う。

むじな月の夜

酒々井《しすい》には半年ぐらいしかいなかったようだから、ぼくの幼児から小学校入学前の時期にあたり、いつの間にか通り過ぎていった場所、という印象が強い。でもそれだけに幼い頃のぼくには断片的な風景が強い力をもって記憶の中にしまいこまれている。

けれど驚嘆するようなものだけしか記憶に残っていない。

そのひとつは母の弟（つまりぼくの叔父さん）がある日の夕刻にオート三輪に乗ってやってきたときの話だ。その頃叔父さんがどこに住んでいたのかはっきりしないが、時々なにか母が頼んだものを運んできた、という記憶がある。

その日叔父さんはやってくるなり「いやなものを見てしまったよ」というようなことを言った。久しぶりだというのに笑い顔はなく、子どもも心にもなにか

ただならぬものを見てしまったんだな、というのが伝わってきた。

「むじなの月だよ。田舎に行くと出てくることがあると聞いたけれど、あれがそうなんだなあ」というようなことを言った。

ぼくはそのとき初めて聞いた話なのでよく覚えているが、月が二つ出る夜があるという。ひとつは本当の月だが、もうひとつは「むじな」が作った偽の月で本当の月よりもぼんやりしていて、輝きもずっと鈍く、山のちょっと上のあたりにぼんやり出ているのだという。同時に「むじな」というのが動物で狸の仲間のようなもんだ、ということもそのとき叔父さんに聞いて初めて知った。

その話を聞いて自分もぜひその月を見てみたい、と思ったのだが、叔父さんに聞くと「むじな月はヒトをだます月だからこんな家がいくつも並んでいるところには出ないらしいよ」と、残念なことを言った。

むじな月のことはそれから少したってほかの人にも「そういうコトがある」と聞いたが、どうして動物が月みたいなものになれるのか、ということは結局わからずじまいだった。

もうひとつの大きな記憶は家から叔父さんのオート三輪に乗って少し行くと一面の湿地帯があって、その先に子どもから見たらずいぶん大きな海みたいなものが広がっていることだった。でもそれは海ではなく波も流れもない「印旛《いんば》沼《ぬま》」だった。

感覚として湖ならすがすがしい印象があるが「沼」というとなんだか得体《えたい》の知れない生き物が住んでいるような気がした。

まわりにはたくさんの、あれはたぶんアシなのだったろうけれど叔父さんの背よりも高い草が茂っていていてたえずギイギイというなにかの生き物の鳴き声がした。

叔父さんは「ここではタンカイという日本一大きな黒い貝が捕れるんだ」と教えてくれた。「どのくらい大きいの?」とぼくが聞くと両手で洗面器ぐらいの大きさを作って「これよりいくらか小さいくらいかな」と言った。日本一の貝が捕れるのなら素晴らしい所ではないか、と思ったが結局そこにいるあいだ、むじなの月もタンカイも見ることはなかった。

海の近くの町に

六歳直前のときに、酒々井《しすい》から幕張に越した。その記憶はおぼろだ。ただ引っ越ししたその日に宴会があったことを覚えている。引っ越し祝い、というやつだったのだろう。

公認会計士というカタイ仕事をしていたからなのか、いつも厳格だった父がその日とても明るく酔っていたのを覚えているから、父はその引っ越しがかなりうれしかったのだと思う。

酒々井に移住する前に住んでいた世田谷の三軒茶屋はぼくには断片的な記憶しかないが、後々、姉に聞いたら世田谷の家は五百坪ほどの敷地だったらしい。それに比べたらぼくの初期の記憶にある酒々井の家は土地も家も狭くてうそ寒かった。たぶん借り家だったのだろう。

父がなぜ世田谷から千葉に越したのか、その理由はわからない。作家として知りたい、と思った頃には当時のことを知っている兄や姉たちはみんな死んでしまっていた。なにかとナゾの多い家だったようだ。引っ越ししたその日、父が明るかったのは、ぼくなどはかりしれないなにかの問題から父が逃れられたからなのかもしれない。

幕張の家の住所は四丁目五三番地だった。千葉の話とぜんぜん関係ないが、今ぼくは東京都区内に住んでいるが、そこが同じ四丁目五三番地なのである。ただそれだけのハナシなのだが、たぶん自分の「ついのすみか」となるだろう家が、モノゴコロついて住んだ家と同じ番地であることになにか意味が隠されているわけはないだろう。単なる偶然だけれど妙に気になった。

総武線の幕張駅から十分ぐらい。まわりは宅地と畑が半々ぐらいで土地は百坪あった。新築の家で今思えば庭は土ではなく砂であった。宅地造成のときに海の砂を運んできたのだろうか。そのへんもよくわからないのだが、土でないことに母は憤慨していた。

けれど、ぼくはその引っ越しがとてもうれしかった。海に近い、ということもあってか空が広く、風景が明るかった。自宅の正面に当時としてはめずらしい大きな洋館があって威圧的ではあったけれど、左右の隣は畑だった。おそらく芋畑だったのだろう。

歩いて三十秒（大人の足で）ぐらいのところに県道がはしっており、武石という集落に向かって一直線にのびていた。アスファルトなどではなく砂利道で、そこが酒々井とよく似ていた。

母は草木が好きだったので、越してからは毎日のように、家の庭に木や花を植えていた。庭が海の砂だったのを母は悲しい顔をして怒っていたのは、海の砂だと植木や草花が育たない、という理由だったのを後に知った。

家の背後二キロほどのところに三十メートル前後の崖が続いていて、その上は一面の畑だった。自然のしわざなのだろうが、大きな二段構えの段々台地のようになっていたのだ。その当時はその崖に生えているいろんな草木を引っこ抜いてきて家の庭に植えることができた。

母から見るとずいぶんめずらしい木などが生えていたらしく、そういうのを見つけると母は嬌声《きょうせい》をはりあげていた。母は大きな子どもが何人もいるのにまだ三十代だったはずだ。それもひとつのナゾだったが、さして気にならないうちにぼくはどんどん大きくなっていった。

偉大な発明「下駄《げた》スケート」

晴れた冬の日によく遊んだのは手製の「スケート下駄」で滑ることだった。その頃の子どもたちは裸足《はだし》のまま下駄を履《は》いているのが普通で、晴れているときなどはともかく、曇天や雨でもごく普通に裸足の下駄履きで遊んでいた。よく冷たくなかったものだと思いだして我ながら感心するのだが、もともと子どもらは寒さに強く、砂利道などの上も裸足で平気で歩いていた。

幕張に越したのは六歳ぐらいの時だったけれど、何月頃だったかは正確には覚えていない。ただし道を行く同じぐらいの子どもらは裸足が多く、それに驚き、同時に謎だった。靴や下駄は「よそいき」の履物で、子どもはふだんは裸足でいい、という考えだったような気がする。

大人になって世界のあちこちを旅するようになり、辺境地などでは子どもも大人も裸足で歩いているのをよく目にしたが、その時代の千葉の漁師町はニューギニアやアフリカなどと同じような生活感覚だったのだろうなあ、と改めて自分の子ども時代を思いだし、そのたくましさをなつかしく思ったものだ。多くの子どもらは常に竹の棒を持って歩いていた。子どものチャンバラ用の武器だが、ぼくも黒竹《くろちく》というまっ黒でしなりのいい竹を大切に持って歩くようになった。後年、アフリカに行ったときマサイ族がみんな鋭い槍を持って歩いているのを見ていきなり自分たちのその頃のことを思いだした。

県道が舗装される頃、子どもたちはいわゆる「ハレ＝めでたい日」ではなくても下駄やズックを履くようになった。

下駄は固い松材のものが多く、その後履いた桐《きり》の下駄などと比べるとまるで別の履物のようだった。それでも重い松の木の下駄を履くと砂利道なんぞなんのその、という豪快な気持ちになった。戦後経済が急速に復興していく時代で、同じ頃に「足袋《たび》」を履けるようになった。黒い木綿製で、子どもたちの足もとは急速に「豊か」になった。

県道が舗装され、下駄文化がやってきたことによって、子どもたちに「下駄スケート」がにわかにはやり始めた。

履きならして下駄の裏もほとんど平らになったようなものに「戸グルマ」を打ちつけるのだ。初めのうちは片方に四つそれを打ちつけた。打ちつけた戸グルマから釘《くぎ》の先端部分がとびだすので、それを慎重にトンカチで折り曲げる。乱暴にやると薄くなっている下駄が割れた。割れずにうまく打ちつけられたものでもそれを履いて滑ろうとしてもなかなか動かない。坂になったところでやっといくらか滑ったが体が前かがみになるとあっけなく人間だけが前に転げ落ちた。

そこで戸グルマをつけた下駄は片一方だけにして、もう一方の足で道路を蹴るとキュルキュルいって五十センチぐらいは滑る。それだけでもたいそうな成果だったけれど、どんなものにも「工夫、発明」は急速に進むもので、戸グルマを下駄の真ん中の前と後ろにひとつずつ打ちつけるだけにして両足に履いてみるとバランスをとるのが難しく、すぐに倒れてしまったが、坂道などで何度も練習するとやがて両足を交互に動かしていく、などというコツをつかんで三〜五メートルぐらい滑ることができた。

でもこういう「進歩」をものにするとたいてい学校の先生などに知られるところになり「危ない！」「とんでもないこと！」などと言われて偉大な発明の進歩の道が閉ざされていったのだった。

神社境内の石段で、紙芝居を楽しむ子どもたち。ほとんどが下駄を履いており、中には裸足の子も＝1955年ごろ、千葉市稲毛区で（木本幸正氏撮影、『千葉市の昭和』より）

いざタタカイの潮干狩りへ

幕張の町は一丁目から五丁目まであって、当時の言い方で「国鉄」の大きな駅と「私鉄」の京成電車の駅があったから、田舎町でもけっこう賑わっているところだった。

ぼくの家からまっすぐ南に歩いて行くと国鉄の駅にぶつかる。そこを線路沿いに左右に分かれて踏切まで行かないと、駅の向こう側に行けなかった。駅の向こう側に出てまっすぐ六〜七分行くと海である。だから駅が邪魔だった。

乗り越えていくわけにはいかないから、左右に分かれた先の踏切を渡るが、町のヒトが「大踏切」と呼んでいたところは、国鉄と私鉄が集まってきていて、しかも貨車の入れ替えなどをしょっちゅうやっているので、マが悪いとなかなか通り抜けできず、みんな「あかずのバカ踏切」と呼んでいた。向こう側のヒトもこっち側のヒトもみんなイライラして踏切警手のヒトをにらみつける。気の毒に踏切警手にはなんの罪もないのだけれど。

踏切警手は何人かいてヒトによっては次の電車がくるまで何分か時間があくときは、二メートルぐらいの高さに遮断機をあけて「早く早く！」と言って通してくれた。ちょっとクマさんに似ていてぼくの家でも町のヒトのあいだでも「クマさんはいいヒトだ」と言って有名だった。

踏切を過ぎると海に出るまでにはいろんなルートがあった。ぼくは家から裸足にシャツを一枚ひっかけたぐらいの格好で来ているので、「海の家休憩所」のあるところとは離れた草の茂る埋め立て地のほうに行き、その草むらに服を隠した。子どものヨレヨレ服なんて犬でも持っていかないだろうが、そこらにほうり投げておくわけにもいかず、それは一応当時のガキの「たしなみ」だった。たいてい学校の仲間数人と海に行ったから、そこからみんなで一直線に海岸を走りぬけ海に入っていく。

夏は潮干狩りの家族などがいっぱいきていて、小さなおもちゃみたいな貝とり用具で濡《ぬ》れ砂を掘ると面白いくらいシオフキやアサリなどがザクザク捕れた。みんな損得で夢中になり、家族連れなどは、お母さんが「もっと前後左右を掘っていって新しい場所を狙うのよ」などとほとんどカナキリ声で指示したりしていた。

実際潮干狩りは子どもにやさしく、そしてどんな子でもカリカリやれば必ず成果を得られるからえらく楽しい一日のはずだった。

「浜番」というおっかないおじさんがいて潮干狩り客のあいだを歩き、これは、というヒトに「鑑札はあるか？」などと聞く。この海で貝を捕るためにはあらかじめお金をだして鑑札（貝掘り券）を買わねばならなかった。

ぼくたち地元の子はそんなしゃらくさいもの買うわけはないし三人ほどいる「浜番」の顔や背格好はすべて覚えていたので、遠くから接近してくる「浜番」の姿を見つけるとすぐにみんなで沖のほうにニゲル。

このときのぼくたちの見張り役や、視力のよさは、後年大人になってアフリカのマサイの一族には常に見張り役がいてその合図で一斉に「ガゼル」などを追いかけるのを見て「おんなじだ」と思った。それからまた長身で長いヤリを持って歩いているマサイ族のおっさんも浜番によく似ていた。

遠浅の海は満ち潮のイキオイがものすごく速い。とくに大潮のときなどは干潟を歩いていると、沖から押しよせてくる潮の速さは人間が散歩するときの速さとあまり変わらないくらいだった。だから初めて潮干狩りにきてあまりの大漁（アサリぐらいだけど）に欲深くなって夢中で掘っていて気がつくとあたりが膝ぐらいまである海原になっていて、びっくりして走って戻ろうとするが、そのくらいの深さになると走るのもひと苦労だ。後述するが、そんなときにアカエイを踏んだりすると命にかかわることがある。それで、ひっくり返った欲ばりオバサンを浜番が助けた、という出来事があった。

イモとザリガニ

幕張は遠浅の海に面していて、その背後にはこぢんまりとしているがけっこう家があった。そして家々のあいだの空き地は残さずに畑が広がっていてその多くはサツマイモを作っていた。町の真ん中あたりに青木昆陽の業績をたたえた昆陽神社があって、町の人は芋神様と呼んでいた。その昔の飢饉《ききん》の折にサツマイモを育てて多くの人を救ったからである。サツマイモの季節が過ぎると麦畑が広がり、ところどころに水田があった。その後ろには高させいぜい二十～三十メートルぐらいの丘陵が町を囲むようにして連なっており、その上にはやはり畑が広がっていた。

その頃でいう国鉄と私鉄（京成）の駅があり、小さな町にしてはこの二つの駅を中心に、まあそこそこの賑わいを見せていた。今思えば穏やかな気分のい

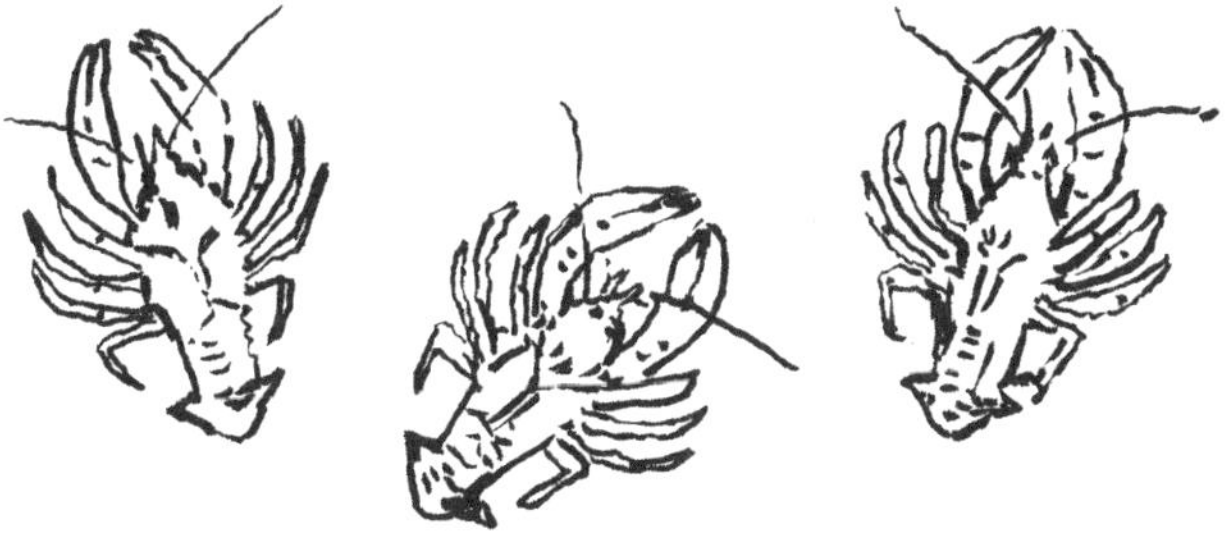

い田舎町だったのである。町の両端には川が流れていて、それがなんとなく町の両端の境になっているようで、そのへんの自然の造りも、なんというか絵に描いた箱庭の町のようだった。

子どもらにとっては遠浅の海と小さいながらも山みたいな丘陵があり、手ごろな川が流れているのだから遊び場所としてはこれほど恵まれているところはない――と、これもまた今になると思う。

春から秋にかけての子どもらの遊び場は海が最も多かったけれど、川遊びもなかなか楽しく、とくにぼくにとっての一生の思い出となったのは、川をせき止めて貝掘りを好きなようにできたことである。

町に流れている小さいほうの川の上流は湿地帯になっており、川幅もどんどん狭くなり一メートルぐらいになっていった。その川に子どもらが十人ほど集まり、スコップを使ってまわりの土をどんどん運んで川をせき止めるのだ。子どもらが作る小さなダムである。それと同時にどんどんたまって圧力を増してくる川の水力を弱めるために、一方の土手を崩して、川の水をそちらのほうに流す。大人になって川の本を読んでいたら、それを仮設水路と呼ぶのだ、ということを知った。本流である川の水位はどんどん下がり、川幅一メートル、長さ五メートルぐらいのせき止められた水たまりができる。そこには小さな魚やザリガニや昆虫のさなぎなどいろんな生き物がいて、手づかみで捕ることができた。

ザリガニには赤い（赤タ）と青い（青タ）の二とおりがあって、どちらも手づかみしようとするとハサミを振り回し、けっこういっちょまえに戦う態勢になる。はさまれないようにしてそれらのザリガニを捕り、食べられるかどうかはわからないいろんな種類の小魚も手づかみで捕った。たちまち持ってきたバケツ二杯ぐらいがそういう収獲物でいっぱいになるのだから、その楽しさといったらない。

小魚は結局はまた元の川に戻したが、ザリガニは家に持って帰り、そっくりゆでてもらった。赤タも青タもゆでると同じような赤ゆでになり、塩やしょうゆをかけて食べると、世の中にこれほどうまいものはないと思えるくらいになった。

　貝掘りは最後に崩した両脇の土手を元に戻し、ダムを壊して元どおりにした。そうしておかないといつか田んぼの持ち主に見つかるとえらいけんまくで怒られた。あたり前だけれど。

　あんな夢のようなことは今の日本ではどこを探してももうできないような気がする。

昆陽神社の向かいにある青木昆陽がサツマイモの試作をした場所。県の指定史跡になっている＝千葉市花見川区で

いろんな煙突があった

最近は煙突のある町を見ることが少なくなったような気がする。公害などの問題で町なかに煙突から煙を噴き出す工場などがなくなってしまったからだろうと思うが、このような昔ばなしを書いていて、ふと目を閉じるようにしてその当時の町の風景を思いだすと、けっこう煙突のある風景が目に浮かんでくる。

そのひとつは海にある貝灰《かいばい》工場の煙突だ。貝灰工場というのは、貝を粉砕して粉にする工場のことだが、今ではもうそのような工場はどこにもないはずなので、追ってまた海べりの話を書くときにもう少し具体的に書き記しておきたい。

町なかにある煙突はお風呂屋さんのもので、三つほど立派に突き立っていた。どれも午後には煙を風に流していて、よく燃えていると煙の色が薄くなっていくということを子どもも心にも知っていた。もうひとつ、煙突の規模は小さいが、ぼくの家から五十メートルと離れていないところにも毎日煙を吐き出す小さな煙突があり、それは芋飴《あめ》を作る本当に小さな工場の煙突だった。

あるとき町のほぼ中央にあるお風呂屋さんで「煙突事件」というような騒動が起きた。それはぼくの住んでいる町の人間ではない見知らぬ男が煙突のてっぺん近くまで登ってしまい、降りられなくなってしまったようなのだった。それを見つけた町の人が騒ぎ始め、消防車などもやってきて大騒ぎになった。

その男がなんのためにその煙突に登ったのかわからないが、さして事件のない小さな町としては、煙突のてっぺんという目立つところに人が登っているのだから、大勢の人が集まってきて、たいそうな見ものになったのである。

男は警官などの説得によりけがもなく下に降りたのだが、後日そのお風呂屋さんが、風呂釜を焚《た》くことができず、たいそう怒っていたという話を聞いた。

ぼくの住んでいる町からは小山が邪魔をしてじかに見ることはできなかったが、花見川の奥のほうにでんぷん工場があり、ここにもけっこう立派な煙突が

住宅地にそびえ立つ煙突。銭湯は地域の社交場でもある＝千葉市花見川区で

立っていた。サツマイモの産地なので、芋を素材にしたちょっとした〃町の産業〃が飴にしてもでんぷんにしてもその特徴になっていたのだなあと、今になると感慨深い記憶の風景だ。

でんぷん工場は芋を材料にしてどういう仕組みで製品を作っていたのかはよくわからないのだが、その工場の周辺には四畳半ぐらいの規模のコンクリートプールがいくつか並んでいて、季節になるとそこから甘ったるい匂いが吹き流れていた。記憶はあいまいだけれど、川べりに建てられていることを考えると、なんらかの排水が花見川に流れていたのではないかと思う。まあ、これも小さいとはいえ一種の公害で、その工場の周辺に行くと、工場の従業員らしき人々が怖い顔をしてよくぼくたちをにらみつけていた。

時々セスナが飛んできてたくさん宣伝ビラをバラ播くときがあった。子どもらは驚き喜びそれらを追った。みんな同じコトが書いてあるのに。危険な話で今では考えられないことだった。

風に揺れてる小さな映画

もう頭の遠い隅っこのほうに忘れられたままくしゃくちゃになっているような記憶が、あるきっかけでふいに鮮明によみがえることがある。

子どもの頃過ごした千葉での日々を思い返しているうちに、あの小さな田舎町に映画館があった、ということをいきなり思いだした。海べりに建てられていて、まだ残っている写真などを見ると、総二階のけっこう大きな建物で公民館のように見える。そこに兄たちに連れられて二、三度行ったことがあるのだが、調べてみると昭和三十四年の頃の写真だから、ぼくは中学生ぐらいだった。たしか光陽館といった。中は、外側の公民館風の建物とはイメージが違って、板張りの学校の教室のような造りになっていた。映写機などもむき出しで、スクリーンは、よしずを編んだ大きなすだれのようなものに敷布みたいな白い布を二枚ほど張り付けてあるという独特のものだった。

そこでどんな映画を見たのかは全く記憶にない。大人の観客もけっこういたから、ちゃんとした劇映画などを上映していたのだろうが、記憶から飛んでいるということは、そのときのぼくにはあまり面白くなかったからなのだろう。海岸べりに建てられているので、風の強い満ち潮の夜などは波が打ち寄せる音が常に聞こえていて、それはそれでその時代にしか味わえないひとつの風情をもったおんぼろ映画館だった。

映画は、むしろ夏休みなどに小学校の校庭でやる真夏の夜の映画会のようなもののほうがはるかに華やいでいて、今夜、校庭映画会があるという日は、昼間から友達と一緒に行こうぜ、などとはしゃいでいたものだ。定期的におこなわれる映画会は、当時学校と深く関わっていたミボージン会主催のものが多く、有料だった。といっても五円か十円ぐらいのものだろうけれど、子どもにとっては大金で行くか、行かないかの決断が重要だ。

当時その小学校は校舎が井桁《いげた》状につながっていて、校舎と校舎のあいだに渡り廊下があり、通学はそれぞれの方向からやってくる生徒がいちばん近い渡り廊下を越えて学校に入るようになっていた。真夏の夜の映画会の入場する場所はその四つの渡り廊下が関所のようになっていて、なんだかいつも怖い顔をしたおばさんが提灯《ちょうちん》を持ってチケットを受け取ったり、現金をもらうようになっていた。

そこを通らないでもっと別の隙間から入っていくという方法があった。いちばん古い校舎の縁の下を通っていくと、まあ季節だからいろんな虫どもがあちこち待ち伏せしていたけれど、それを突破してしまえばこっちのものだ。暗い校庭を走り、夜の映画会の人ごみに紛れればただ入り成功だ。

映画のスクリーンは大きな丸太を二本立ててそのあいだにロープを何本か張り巡らし、そこにやはり敷布をちょっと大きくしたようなものを数枚並べてある。風が吹くと役者たちの顔がふわふわゆがんで面白く、ゲラゲラ笑ってけっこう怒られたりした。

幕張少年マサイ族

漆喰《しっくい》と首塚と小城のはなし

前に、海岸にある貝灰工場のことに触れ、くわしくは後述すると書いた。ぼくがこの海で遊んでいた頃にはその工場はまだ残っていたが、操業はやめていたような気がする。地上三階建てぐらいの大きな建物で、てっぺんに三つの煙突が並んでいた。

外側に不思議な形で角度をつけた板敷きの坂があり、幅はけっこう広かった。そこを貝殻の大荷物を背負って三階の釜の入り口まで持っていき、貝を砕く作業をしていたらしい。工場の中を見ることはできなかったのでそれ以上くわしいことは知らないが、昔は海岸に六つか七つのそういう工場が並んでいたという。

貝灰というのは貝をこまかく砕いて、漆喰の素材にしたものらしい。石川五右衛門には悪いけれど、浜の真砂《まさご》は尽きるとも、貝殻はいつでも大量にあったようで、貝を粉にするという産業をその頃よく開発したものだと思う。

幕張の古い歴史を書いた本などによると、江戸時代の頃から貝を砕いて粉にするという仕事はしていたらしい。時勢とともに日本中からそういう工場はなくなってしまったのだろうが、小さい頃に見たそんな風景はなんとなく誇らしい。貝灰はいろんな製品になったようだが、ワイシャツのボタンなんかにもなっていたとその後なにかの本で読んだ。

町は花見川と浜田川という二つの川にはさまれていたが、小さい浜田川寄りのほうに小山があった。まあ子どもの頃に見上げていたのだから普通よりも高く見えたのだろうが、五十メートルあるかないかだったのだろう。「堂の山」といった。そこもぼくたちの重要な遊び場のひとつで、十人くらいの仲間が集まると、「よおし、今日は山のタンケンだ」などと言ってちょっとした山登りから遊びは始まった。

てっぺんから上にもうひとつ小さな山があって、そこに大きな石で作った灯《とう》篭《ろう》のようなものがあり、首塚だといわれていた。人間の首がまつられていたというのだ。子どもの頃はそのくらいしか知識がなかったから、本当かどうかもわからずじまいだったが、古文書などを見ると、近くに馬加《まくわり》城という小さな城があり、時の将軍、足利義政の手勢によって滅ぼされている。城のある町だ

（上）馬加城跡といわれる場所には今、巨大なマンションが建っている　（下）通称「堂の山」にある首塚＝いずれも千葉市花見川区で

ったなどということは、そこに住んでいたときとうとう知らずにいたのだ。

ぼくがいた頃は幕張町馬加《まか》と地名表示されていた。母や兄などからその「馬加」という地名についての笑い話をよく聞いた。全くこのあたりを知らない人がやってくると、「馬加」をどうしても「バカ」と読んでしまう。そうしてその町に入ってきて、大きな声で道行く人に「バカはどこだい？」と聞いたりすると、町の人は「バカはおめえだ」と言って笑ったという。また別な伝説では源頼朝がその地で陣幕を張ったことがあるそうだ。その折に馬が足りなかったので馬を加えたという意味の馬加になったという話もあるらしい。

そんないろいろな歴史など知らずにぼくらはずっと無邪気に遊んでいたが、全体に陰気に鬱蒼《うっそう》と茂った木々があって、子どもも心にもなんとなく長居したくないような気配があったのも事実だ。枝葉の茂るツバキの木がたくさんあるのでその木に登って鬼ごっこをやり、落としっこなどをしていたのが楽しかった。

「ふっきり」タンケン隊

人間の記憶脳というのは不思議なもので、こういう昔ばなしを書いていると、それまでわが頭のどの辺にそんな記憶が紛れ込んでいたのだろうかと思うような思いがけない昔の出来事のカタマリがごそっと押し寄せてきて、しばし茫然《ぼうぜん》とした気持ちになったりする。その当時、知らず知らずのうちに蓄積されたままになっている、踏み固められた古い記憶の地層のようなものが、ひとつのちょっとしたきっかけによっていきなり切り開かれ、そこから、例えば大げさながら、アラジンの魔法のランプのように、もくもくとはるか数十年前の記憶の中の風景が鮮明によみがえってくるような気がする。

今でも変わらないのだろうが、ぼくが住んでいた頃の幕張は一丁目から五丁目まであって、ぼくは四丁目に住んでいた。位置的にいうと、海に向かって扇状に広がったその町では四丁目はかなり中心部に位置していた。けれど子ども時代というのは思いがけないほど縦横無尽に自分の町のいたるところを駆け巡るものだ。突然記憶の底からよみがえってきたのは、その頃、町の人や子どもたちが「ふっきり」と呼んでいた場所の出来事だった。

国道は海と陸側を分ける境になっていたが、陸側の一丁目からかなり先に進んだあたりに、その呼び名の由来のよくわからない場所があった。それは海側に百メートルほどの間隔を開いて広がった、赤土がむき出しになった谷であり、上のほうにはそこそこ多様な種類の植物が生えていた。それらの植物の根が土壁のような崖の上のほうの崩壊をかろうじて抑えていたのだろう。

その下は長い年月のあいだに上のほうから常にざらざら落ちてくる土によってかなり幅広く抉《えぐ》れたようにへこんでいた。こういうほかの土地とは違うむき出しのあらくれた場所が子どもらにとってけっこう魅力的なアブナイ場所であり、ぼくたちは時々思い出したように、その「ふっきり」まで出掛けたものだ。

赤土や砂によってスロープ状になったところは足場を選んで子どもでもなん

とか登っていける。登っていってもそれそのものは大して面白くはないのだが、そのあとぼくたちにはかなり勇気のいる冒険的な目標があった。斜面を登り詰めていくと、やがて砂壁が切り立ってくる。その砂壁をタテ型に保っているのは、さっき言ったようにてっぺんに生えているいろんな木の根が土を抑えているからだった。思えば非常に危険な場所だった。なにかの具合で大量の赤土をくわえ込んでいた根が緩んだら、そこを目指して登っているぼくたちは土や砂のなだれ状態の中に押しつぶされてしまうだろう。

そういうことをものともせずに登ったのは、その根の下に大きなムカデの巣があったからだ。子どもの頃の規格からいうとちょっと大きすぎる尺度になっているかもしれないが、長さ三十センチぐらいの醜怪《しゅうかい》なムカデがたくさん滑り降りてくるのを見ては、叫び声をあげた。叫びつつ素早く下に降りるとあちこち逃げまどっている大ムカデをいつも持って歩いている竹棒の数本でハサみ苦労して捕まえてドンゴロスの袋に入れる。収獲したムカデは生きたまま弁天池のそばに住んでいるマツキンのじいさんに届ける。すると二十円から三十円

ぐらいくれるのだ。マッキンさんはそのムカデをアブラとショーチューに漬けてどこかに売っているようだった。

そういう危険な遊びをしているときに同学年のきいちゃんが大ムカデに食われた。正確には毒をもったムカデに噛まれたのだろうけれど、ぼくたちはもっぱら〝食われた〟と言っていた。

きいちゃんは初めのうちは気丈にも平気な顔をしていたが、やがて食われた片手が赤黒く腫れてきて、ぼくたちはみんなで町の病院に連れていった。どこでどう噛まれたのかと医者に何度も聞かれたけれど、ぼくたちはみんなして黙っていた。

神社で男のキモだめし

幕張駅から海に向かってまっすぐに道路がのびているその途中に消防団の詰め所のような建物があった。消防署ではなく町の若い人によってまわりもちで集まっている消防自警団のようなものなんだろう、とその後わかってくる。

いつもは町内の暇な若い衆が集まってひまつぶしにいろんな話をしている場所だという記憶だけあって、彼らが本当の火事のときにみんなで押していく消防ポンプで火消しをしていたところは見たことがなかったから、さしたる娯楽がない頃のよりあいバカ話の場、というふうな場所だったのだろう。

落語などに町内の若い衆が集まって茶碗酒《ちゃわんざけ》を飲みながらいろんな面白話をしている噺《はなし》がいっぱいあるが、ルーツはそんなところだったのだろう。

そこでは毎日ではなかったけれど夕方に「ソロバン塾」をやっていて、ぼくも通っていた。塾の先生は若い女の人で、ふだんは小中学生の男ばかりだったけれどソロバン塾があるときは若い衆が集まってきていた。あれはその女の先生めあてだったんだなあーと大人になってからそう理解した。

意味はわからなかったが、その頃そこは「かばんしょ」と呼ばれていた。建物に隣接して高さ十メートルぐらいの火の見ヤグラがあって、そこにやってきた子どもらはまずそのヤグラのてっぺんに登らなくてはならなかった。

最初の頃は高さが増してくるにつれておしりの穴がキュッとちぢまるような恐怖があったけれど、誰が決めたのか、そこのいちばん上の見張り台まで登らないと「かばんしょ」に出入りできない、といわれていた。

夏のお盆の頃に行くと時々「キモだめし大会」があって、これは興味いっぱいだった。兄貴分の人々が何人か恐ろしい怪談を話し、それをわざと薄暗くした部屋でみんなして聞いていた。

そこまではよかったが、そのあと子どもらはその日決められた場所にひとりで行ってこなければならなかった。

鬱蒼とした樹々の中に急な石段が続く三代王神社＝千葉市花見川区武石町で

場所は墓場だったり神社だったり、なんとなくお化け屋敷と言われるようになっている古い空き家だったりした。

乾電池を持ってその日決められた場所にそれを置き、次のやつがその乾電池を持って帰る、というキマリだった。神社はいくつかあったけれど、いちばん怖いところは町の北の外れのほうにある武石町の三代王《さんだいおう》神社だった。

三十メートルぐらいはある丘陵が細長く続いているところで神社に登るためにはかなり勾配のきつい石段があり、その左右にはたくさんの樹々が生い茂っている。風の強い日はそれらの樹々の葉が左右の頭の上でわさわさ躍り、なにか得体の知れないものがいっぱいうごめいているようで、懐中電灯のあかりのあたらないところにそれらがいっぱい移動しているようで恐怖で全身がカアッと熱くなった。風のないときは神社のまわりにいっぱい散らばっている枯れ葉がコロコロ鳴って走るのも怖かった。それらはみんな今では懐かしい貴重な思い出だけれど。

ヤキイモは壺《つぼ》で焼くもの

幕張駅を出ると国鉄（当時）と京成電車の線路が一緒になっているので、たえず電車が行き来しており、地元の人は「あかずのバカヤロ踏切」と言って遮断機が降りてしまうとほぼあきらめ顔だった。

この踏切のすぐそばに、ぼくたちが「昆陽神社」と呼んでいる一角があった。神社のあるところは蘭学者、青木昆陽がサツマイモを最初に試作したところだ、ということをだいぶ後になって知った。

サツマイモが天明、天保の大飢饉を救った、ということも学校で教えられたのだろうけれどちゃんとわかってはいなかったのだ。

ただし町のいたるところにサツマイモ畑があって、収穫期になるとおやつはサツマイモばかりなので、たいていのその頃の子どもらはサツマイモと聞くとうんざりした顔をしていた。戦時中から戦後、カボチャばかり食っていた地方の人にカボチャ嫌いが多い、というのと似ている。

でもぼくの家はサツマイモ畑のほとんどないところから越してきた、ということもあったのだろうけれど、家族の者もぼくもサツマイモが好きだった。とりわけ晩秋から冬に「壺焼き」を始める店がいくつかあって、母や姉などはその壺焼き芋が大好物で、ぼくはよくそれを買いに行かされた。

サツマイモは壺で焼くもので、後年「石焼き芋」屋さんがクルマで回ってくるようになってきたのはずいぶん違和感があった。

壺焼きは高さ一メートルぐらいある大きな壺の中に炭（コークスだったろうか）が真っ赤になって燃えており、その上の内外のフチにぐるりと張られた太いハリガネに吊るされたサツマイモが並べられ、じっくり焼かれていた。

寒い夜などにこれを買いに行くとき、出掛けに母や姉から渡された古タオルにくるんで家まで急ぎ足で帰った。お腹《なか》に抱いているとものすごく温かい（熱いぐらい）のがうれしかった。

買ってきたそれを家族みんなで「ホクホクだねえ」などと言いながら笑い顔で食べたのが鮮明かつシアワセな記憶の風景になっている。

あれを買いに行ったのはたいてい夜だったから夕食後だったのだろうけれど、今思えば夕食後によく焼き芋をうまいうまいと食ったものだ、と感心する。戦後まもない時期だから国民みんな常に腹をすかせていたからなのかもしれない。

その頃、深川に住んでいて江戸っ子下町弁の「さいですか」というのが口癖の叔母がやってきて、「もんじゃ焼きよりおいしいねえ」と言っているのを聞いて誇らしく思ったものだ。

叔母はわが家に来る前に地元の中学生の集団と電車で一緒になり、男子生徒の帽子の記章が「芋」の葉をかたどっていた話をしてそれにも妙に感心していた。でもそれは周辺地区の人から「イモ中」と呼ばれるモトになっているので、ぼくは地元の中学に行きたくなかったのだけれど、叔母のそのひとことで少し考え直したのだった。

大晦日《おおみそか》の晩に早く寝るやつは……

千葉は東京よりも温暖といわれるけれど、それは房総半島の先端あたりのことで、内陸は吹きっさらしでけっこう寒かった。子どもの頃の冬は北風の中で震えている記憶のほうが多いのはみんな貧相な薄着だったからではなかったか、と今になると思う。

下着も夏と同じ木綿のシャツだったし（ぼくのところは）ウール素材の上着など誰も着ていなかったような気がする。もちろんフリースやダウン素材なんてのもまだ存在していなかったからね。

冬のあたたかい衣服はせいぜい母や姉が作ってくれた手編みのセーターぐらいだった。それだけは堂々とウールだったはずだ。

それにマフラーなどもあったが、セーターを着てウールのマフラーを首に巻いているしゃれた様子の子どもは記憶の中にもいなかった。ぼくもそんな格好はしていなかった。

その頃の家族写真が兄の家にあったが、なぜかぼくは学生服のようなものを着ていてどういうわけかいかにもひとり寒そうだった。オーバーとかコートなんかはその時代の子どもらは着ていなかった。

一瞬の記憶というのは脳の奥にしまわれていき、そのあとにどんどん新しい記憶が関東ローム層のように積まれていくようなので、なにかのきっかけでその周辺の記憶をまさぐるようなことがあったときだけそれに関連してじわじわ記憶が引き出されていくような気がする。

それで思いだしたのは、しゃれたオーバーなんかじゃなくて綿入れのネンネコというやつだった。

あの頃の子どもらは総じて寒さに強かったような気がするけれど、底冷えのするようなときにはネンネコを着ていた記憶がある。あれは実に頼りになるいいやつだった。

子どもの頃の記憶には謎がいくつかある。

大人になって故郷も育ちも違う同世代の友人たちと酒を飲みながら子どもの頃の話をしていたとき、年末年始の話題になった。

ぼくは大晦日の夜は子どもはいつまでも起きていてよかった、という話をし、近所の遊び友達数人と住宅地の道を深夜大きな声で歌って歩いた、という話をした。

「なんだそれ?」とみんなは怪訝《けげん》な顔をした。

「大晦日の晩に早く寝るやつ馬鹿《ばか》だあ」

みんなでそう歌って歩いた記憶が鮮明だったからそのとおり話した。

みんなはさらに怪訝な顔をした。

「おーみそかーのばんにーはーやくねるやつばかだあ」

正確にはそういう歌いかただった。

真冬の夜中である。寒さに震えながらそう歌って歩いた記憶は体が覚えている。でもその友人らからは、それは千葉の奇習だな、と一蹴されて悔しかった。

その一時代だけのものかもしれないが記憶はあまりにもリアルで懐かしい。

虚無僧《こむそう》も謎のひとつだった。その当時のぼくの家には門がなかったので庭に入ってきてなにも言わずにただ尺八を吹いていた。ぼくの弟が家の奥の部屋に行って泣いていた。ぼくもなんだか怖かったが、母が出ていって両手を合わせいくらかのお金をあげていた。虚無僧を見たのはそれきりだった。

はじめて撮った一枚の写真

子どものあいだに「日光写真」というのが流行《はや》った。黒い袋に入っている名刺大ぐらいの白い紙を説明書きにあるように直射日光にあてないように素早く出して「日光写真機」の中に入れ、その上に影絵のようなものが描いてある薄紙をのせ、透明セロファンのようなものをさらに被《かぶ》せて太陽の下に置いておくと五分ぐらいで白い名刺大の紙に影絵のようなものが写し出されている、というものだった。

ただそれだけで、あたりの風景や友達の顔などが写し出されるわけではなく、何枚やっても同じ影絵のものが写し出されるだけだった。今思えば感度の悪い印画紙に切り絵のようなものをのせて感光させるだけのものですぐ飽きてしまったけれど、非常に原始的な写真の世界に出会うきっかけでもあって不思議なのはたしかだった。

それから少したつと子どもでも写せるカメラというものが登場し、金持ちの家の子などがそういうものを学校に持ってきた。

正確な名称は忘れてしまったが両手を合わせるとその中に入ってしまうくらいのおもちゃカメラだったけれど、今思えば仕組みはちゃんとしたカメラそのものだった。

小さなレンズがついたボックスカメラでブローニー判のフィルムを装塡《そうてん》できた。晴れてる屋外だったらなんでもピントのあう固定焦点レンズでシャッター速度の調整もできなかった。フィルムはロール式だったのかほかの方法だったのか記憶がない。ほかの方法としたらロール式よりも複雑な仕組みになるから子どもには操作できない。謎である。

でもとにかくそれを借りてぼくはあちこちの風景を撮りに行った。最初の頃に撮ったのが次ページの写真である。

以前書いた「あかずの大踏切」の近くで線路わきの工事をしている人たちだ。

背後に小学校へ行く途中の神社のある小山が見える。疎林のある斜面でよく遊んだ。

この踏切がなんで「あかず」になるのか、以前書いたときに大事なことを忘れていた。当時はまだ蒸気機関車が長い貨車を引っぱって普通に走っており、この踏切の先にある幕張駅で貨車をいろいろ入れ替えていた。それから十数年たって機関車が人気の時代がくる

椎名少年がおもちゃカメラを借りて撮った写真（著者提供）

が、ぼくたちにとっては馴染《なじ》みの光景だった。

駅に向かう国鉄と私鉄のあいだの狭い道をみんな行き来していたがそのすぐ横を凄《すご》い音で蒸気を噴射して巨大な怪物が行き来している。機関車に片手でつかまって旗を振りながら行き来していく車掌さんの姿が実にかっこよかった。

けれど、国鉄と私鉄がそれぞれダブルに行き来しているから、この機関車による貨車の入れ替え作業になると踏切の遮断機は短くても十分間はあかなかった。自動車と一緒に長い行列をつくっている大人たちはみんな迷惑そうな顔をしてイライラして待っていたが、ぼくたちはその入れ替え作業を見ているのがうれしかった。

薪《まき》割りカメさんと拝み屋まっちゃん

町の名物男のひとりに「カメさん」というういつも顔中髭《ひげ》ぼうぼうで、衣服などもボロボロの厚着をしている大男がいた。どこをねぐらにしているかわからない、今でいうホームレスだったが、いつものっそりのっそり歩いてくるので町かどなどでふいに出会うと意味なく怖かった。誰が最初にあだ名したかそののっそり具合がそういえば亀とよく似ていた。でっかい亀だ。いろんな家で自分の子どもなどが言うことを聞かなかったり、しぶとく泣き続けていると母親は「泣きやまないとカメさんがくるよ」と言うとけっこうキキメがあった。

カメさんはいきなりいろんな家にやってきて玄関の前で無言で立っていたりする。よくわかっている家ではカメさんに風呂のタキギの薪割りなどをやらせ、折よく残っていたごはんでおにぎりを作ったり菓子などをあげてその労働に応

える、というのが町の人のなんとはなしのルールだった。

今だとすぐに警察を呼んだりして排除するケースだが、その時代は町の人みんなでカメさんの面倒を見ているかんじだった。

カメさんが大きく見えたのは髪の毛も髭ものびほうだいで、持っている衣服をみんな着てしまっているようなので、着膨れて大きく見えたのだろうと思う。だから篤志家などは夏の季節だとカメさんのために庭に行水を作ってやり、せっけんを渡して体を洗うようにさせたりしていた。どんなときもなにも言わないカメさんだったけれど、そういうしつらえをされると素直に行水を使っていたようだった。

町にはもうひとり、拝み屋まっちゃん、という名物ばあさんがいて、この人は堂の山のふもと近くのあばら家に酒びたりの旦那と一緒に暮らしていた。二人は仲が悪く、ぼくたちが馬《ま》加《くわり》康胤《やすたね》の首塚のある堂の山に遊びにいくときにはどうしてもそのあばら家のそばを行く山道を登っていかなければならないので、夫婦が家にいるときは必ず二人の口喧嘩を聞かねばならなかった。まっちゃんはもういい歳なのに娘みたいなカン高い声でいつも旦那をののしっていて、旦那はそれに応えていたのか犬みたいにウーウー唸《うな》るような声しか聞こえなかった。

旦那はそのあばら家で焼酎を飲んで酔っぱらっているだけだったけれど、まっちゃんは町のどこかの家で結婚式や葬式などがあると、どこからその情報を聞きつけるのか謎だったけれど、そそくさとその家をたずね、たぶん多くは勝手に玄関まで行って「ガラチン」をやるので有名だった。

ガラチンというのは本来どんなときに使うのか誰もわからないガラガラ鳴るナス型をした鳴り物と仏具のカネのことで、それを両手で操りながらぶつぶつお経のようなものを唱えるのだった。まっちゃんに来られると本当は迷惑だったのだろうけれど、たいてい家主はなにがしかのお金を包んで渡していた。カメさんもまっちゃんもいつのまにかいなくなってしまったけれど、今思えば懐かしい人々だった。

時々このまっちゃんの家におばあさんらが十人ぐらい集まり、輪になってお経のようなものを合唱していた。みんなで「ラッカサンが揃たら回そじゃないか」とか「てんとねんぶつコンニャクだ」と言っているだけだったが、子どもらのあいだではそれを時々まねして輪になって合唱したりした。

後々（大人になってから）いろんな童歌《わらべうた》を聴いているときに「羅《ら》漢《かん》さんが揃たら回そうじゃないか」という一節を聴いて、ああそのことだったのか――と納得したのだった。

椎名少年の遊び場だった通称「堂の山」。こんもりと茂った小さな山の中に首塚がある＝千葉市花見川区で

ソースだぼだぼ コロッケパン

小学校の昼ごはんは弁当を持ってくる生徒が多かったけれどその頃はみんな貧しかったので、新聞紙につつんだお弁当はすっかり開いて食べる、ということはせず、半分だけ広げたような新聞紙で弁当を隠して食べる、というのが多かった。ぼくの家もお弁当のためにおかずを用意する、などということはなく、前の晩のおかずの残りが多かった。おかずが残ってないときはチクワの煮つけとかコンブとか漬物など安物のおかずだ。

二人すわる机のぼくの隣には重三君がいて、やはり同じようにかたくなに弁当のおかずを隠していた。そうしてもたいていおかずは見えてしまう。重三君の弁当のおかずは毎日きまって炒《い》りタマゴかタマゴ焼きでぼくにはまったくおいしそうなゴチソウに見えて羨《うらや》ましかったのだけれど、重三君は絶対に隠して食べていた。それは重三君の家が養鶏所をやっていてタマゴがいっぱいあり、弁当のおかずというと毎日タマゴ料理で、重三君はそれがとても恥ずかしいようだった。休み時間のときなどいろんな話をして教室中賑やかなのに、弁当の時間になるとみんなそんなふうに黙り込んで隠してコソコソ食べているのが不思議だったし、昭和の子どもたちのちょっと悲しい対応だった。

弁当を持ってこない生徒のために学校の近くの神社の通り道に臨時の売店ができた。雨戸をリンゴ箱の上においてそこに古い敷布を広げたようにしていつもパンを売っていた。コッペパンと食パンだった。

コッペパンは真ん中のところから真っ二つに切って、そこにジャムやピーナッツバターを塗って十五円だった。いちばん上等なのはコロッケパンで、コッペパンにコロッケ一個をはさんでソースをかけて二十円だった。でも普通のときはジャムかピーナッツバターを塗ってもらうやつで我慢しなければならない。コロッケサンドは高級品だった。

売店をやっているのはその頃あちこちで活躍していたミボージン会のおばさ

んたちで、いつも割烹着《かっぽうぎ》姿で五、六人が働いていた。

ミボージン会のおばさんらはなぜかみんないつも怒ったようにキリキリしていた。担当しているおばさんによってジャムやピーナッツバターの塗り方がそれぞれ違っていて、とても薄く塗るおばさんと、けっこう気前よく厚く塗るおばさんとは格段に違っていて、ぼくたちはみんなその違いをよく知っていたから厚く塗るおばさんの前にしっかり行列をつくった。するといつも全体を見ているリーダーのおばさんがすごく怒り、行列をつくる子どもたちの列に入ってきてそれを割って平均させるのだ。そのおばさんはたぶんぼくたちがジャムやピーナッツバターの塗り方の差で行列をつくっている、という理由を知らなかったのだと思う。

少し小遣いに余裕があるときは贅沢にコロッケコッペパンを買った。そのときは「おばさん、ソースだぼだぼかけてね」と頼む。コロッケサンドはコロッケをはさんだパンを指でまんべんなく押してコロッケがコッペパンの内部全体に平均して広がるようにするのが重要な食前のおいしく食べるコツだった。

町外れの廃屋で

小学校の頃のことを思いだしいろいろ書いていると、人間のアタマはとてつもないことを記憶しているんだな、ということがわかり、びっくりすることがある。

前回のコッペパンのコロッケサンドなどは、今とは違っていて、たぶん子どもの頃の味はみんな飛び抜けてうまかったから記憶の底にしみついていたのだろうと思う。

その一方で今思うと非常に怖い記憶がある。小学生ではその怖さがわからず、大人になってその無謀と危険を知り背筋が凍るような気分になった。

事件の場所は町外れにあった廃屋である。中はなにかの工場とその事務所のようになっていて「あそこはドロボウが隠れているところだ」とか「盗んだものを隠しているところだ」などとみんなでよく言いあっていた。中に入るとネズミがいっぱい、ヘビなどもいた。そこに夕方遅い時間に入り込んでいくとタタリがある、ともいわれていた。だからおっかなびっくりの空き家探検隊そのものだった。

ゴミのたまった台所のようなところを棒で探っていると試験管が束になって出てきた。学校の理科室にあったのと同じだからすぐにわかった。なおもいろいろ探っていくとひしゃげた箱の中から銀色の細くてきれいな棒が二十本ほど出てきた。そのうちの何本かはすでに割れていて中の銀色のものはなくなっていた。

「やった！　これぞ宝の銀だ。金や銅も見つかるかもしれないぞ」。ぼくたちはいろめきたった。コーフンしてそれをひっぱりだしているうちその中の一本が割れて中の銀が流れ出てしまった。そのあたりで、これは体温計に入っている水銀らしい、ということがわかった。でも銀は銀だ。細長いガラス管に密閉されている。

サカサマになっていたカナダライをきれいにしてそこに全部の管を壊して水銀を入れた。水銀は大小いろいろな大きさの玉になってコロコロよく転がった。小さなもの同士が触れ合うと一体化してより大きな玉になるのが生き物みたいでたいへん面白い。たくさんの小さな水銀玉にしたり、大きなのを五、六個作るなどということをして遊んだ。カナダライを斜めにするとそういういくつかの銀色玉の競争のようになる。誰かがもっと大きなのにしようと指でつまんだけれど、指ではどうやってもつまめない、ということがわかった。

小さなトタン板を見つけてそれですくいあげると水銀玉の移動ができた。慣れてくるとそれを手のひらにのせてその上で転がして遊んだ。

帰りにそこらで拾ってきた茶碗にそれをまとめて入れ、ぼくの家に隠しておくことになった。なんとなく大人に見つかると怒られそうな気がしたのだ。さて、ぼくの記憶はそこまでで、その茶碗にいれた水銀をどこへどうしたか、の記憶がない。その後中学ぐらいになって水銀汚染の水俣病のことなどを知り少し賢くならねば、と思った。

埋め立て地の果ての新世界

広大な埋め立て地ができつつあった。トロッコやダンプカーで休みなく運ばれた土は東と西に頑強に造られたコンクリートの壁で抑えられ、その壁の上を歩いていくと埋め立て地の先端まで行けるようになった。

そこがやがて幕張メッセになっていくのだが、ぼくたちはもちろん町の人たちもまだそのことをわかっていなかった。

けれどそれによって幕張の海岸は消滅し、東の区切りは花見川の河口だし、西の区切りは浜田川だった。海岸と大小二つの川の河口が消えてしまったわけで、ぼくたちにとってはこれはたいへんな事件だった。

埋め立て工事をしているときはいたるところダンプカーが走り回り、工事に関係ない人はそこに入っていくことはできなかったのだけれど、基本的な土砂の埋め立てが終わると工事関係者の姿はまったく見なくなってしまった。

工事は二年ぐらいかかっていたから埋め立て地は二つの春を越えていた。赤茶色だったところは一面に草が生え、赤土はあますところなく緑に変わっていた。いろんな種類の草が生えたのでいろんな色の花も咲いていた。

春から梅雨を過ぎると海に行くたびに地表も海もいろんな色に変わっていた。ぼくたちは想像もできないくらい変わってしまった海に驚きつつ、先端のほうがどうなっているのか調べるためにいつもの仲間と一列になってコンクリートの壁の上を歩いていった。あれは何キロぐらい沖まで埋め立てられたのだろうか、小学生なので正確にそんなことを知る気もなかったからいまだに知らないのだが、簡単にいえば今の幕張メッセの面積ほど海に土が盛られていたのだ。

かつての幕張海岸のあたりから歩いて（子どもの足で）埋め立て地の先端まで行くには一時間ぐらいかかった。

先端部分に行くにしたがって埋め立て地の凹凸がこみいってきて野草もまばらになってきた。ところどころに車輪のついたトロッコの土台などが転がって

いて、だんだん赤土も海に向かって斜面を造った、その最先端は打ちつける波に洗われていた。先端部分はコンクリートはなく、土は波によってなだらかに海の中に沈んでいた。

ゴミもアオサ（海藻）もなく、繰り返して打ち寄せる波によって海岸は今まで見たこともないような波紋が続いていた。小さな頃からひっきりなしに来ていた海岸だったが、あんなに美しい海を見るのはそれが初めてのことだった。

幕張メッセ建設予定地周辺の広大な埋め立て地。京葉線が横断している＝千葉市美浜区で

ぼくたちは誰からともなくシャツやパンツを脱いで波や風の影響を受けないところにそれらをくくりつけ、みんなで一斉に海に入っていった。埋め立てによってぼくたちは今まで来たこともない相当深いところまですでに来てしまっているので、五十メートルも沖に出るともう背が立たない、そして今まで見たことのない美しい海の中にいた。

しばらくそうして遊んでいるうちにここには小さな魚も底を這《は》う貝や蟹の類いもまったくいない〝死んでる〟海だということに気がついた。埋め立てというのはそういうことをするとんでもない工事なのだということがわかり、泳いでいるところもでっかいプールみたいなものなんだ、という悲しいことに気がついた。

何億もの命の音が消えていた

埋め立てされた広大な草原のような先に今まで見たことのないような海岸が広がっていて、ぼくたちはそれぞれ戸惑い、しばらく黙り込んでしまった。

いつも波打ち際にアブクとともに浮遊しているものがまったくなく、生まれたばかりのような海岸をどういう気持ちで眺めたらいいのか、いささかわからなくなっていた。

それほど大きくはないが押し寄せてくる波は幾重にも続き、ずっと沖の水平線まではっきり見えた。ベカ舟（海苔採り舟）も大きな帆掛けの打瀬船《うたせぶね》の姿もまったくなかった。海と空と雲だけがぼくたちの見ている先にあった。

ぼくたちは海に入っていった。寄せる波は冷たく、こういうところに必ずいるニナ貝やシオフキなどがその海岸では足裏にまったく触れないのが不思議で妙にいまいましい感覚だった。

注意して見ていくと磯蟹さえ一匹も目にはいらなかった。きれいだけれど命の気配のまったくない海になっていたのだった。

さらに沖に進んでいくとすぐに深くなっていった。潜っていくとまだ陸から二十メートルぐらいしか進んでいないのにもう背の立たない深さになっていった。そんなことになっているとは誰も予想していなかったので水中メガネを持ってきているやつは誰もいなかった。だからイソギンチャクはおろか、蟹の棲《す》み処《か》である砂地の底の小穴もまるで見あたらなかった。きれいだけれどぼくたちにはあまり面白い海ではなくなっていた。

三十分ぐらい泳いで砂浜に戻ってきた。そんなとき慌てて逃げる稚児蟹《ちごがに》の姿もまるでない。埋め立てによって造られた海岸には生命の気配がまるでなかった。

ぼくたちは乾いている砂浜にあおむけに寝ころがって雲と太陽を眺め、「なんだか知らない海になっちまったなあ」などとみんなで話し悲しくなっていた。

ぼくは埋め立てされる前の海の情景を思いだしていた。海岸から海に入っていくときは海岸にびっしり寄せ集まり堆積したアオサなどの腐ったところを二十センチぐらいズブズブ足を潜らせ三十メートルぐらい歩いていかなければならなかった。腐敗臭があちこちからわきあがった。ぼくたちは慣れていたからかまわずに進んでいたが、東京あたりから来た観光客は汚い、キモチワルイと言って入っていくのをためらっているのをよく見た。だからそういう腐敗海苔《のり》にズボズボもぐらずに海水のあ

沖合に浮かぶ帆掛けの打瀬船やベカ舟。手前には天びんを担いだ女性の姿も＝1959年、千葉市美浜区で（林辰雄氏撮影、千葉県立中央博物館蔵）

るところまで行けるように海の家がたくさん建てられていたのだ。

そこを通り抜けて以前の砂の海に出ると一センチぐらいのチビガニがぶくぶく泡を吹いている音が大きく海全体に広がっていて、走っていくとそのチビガニたちが一斉に逃げる。あまりの数の多さに地面が揺れているようで目が回りそうだった。

ぼくたちの知っている海にはそういう何億という命に満ちた音が広がっていた。今のこの広大な埋め立て地は幕張の海に生きていたそういう小さな命をそっくり生き埋めにしてしまったのだ、ということにぼくはそのとき初めて気がついたのだった。

小道と小花と

幕張新都心を構成する道や巨大な建造物などが造られる前は、一面緑の雑草が生え茂る「草原」だった。かつての海岸線からたぶん三～四キロはコンクリートで四角く区切られた海浜の草原が造られていたのである。草原になるまで少なくとも半年はかかっただろう。

そのあいだにもぼくたちはどんどん成長し、小学校を卒業するような歳になっていた。もうそれまでのように仲間たちと頻繁に海へ行くことはなくなってしまったが、草原の中には不思議と細い道が何本もできていて、たぶんそれは草原ができたあとでもさらに砂を沖へ沖へと運ぶ区画があったから、そのトラックのわだちが自然に道のようになってしまったのだろう。けれどぼくは草むらの中を歩いて行くのが好きだった。雑草はせいぜい十～二十センチぐらいの長さで、いろいろな種類のものが生えていた。

今思うには、貴重な風景だった。海べりに好んで生える雑草なども多かっただろうから、それらが網羅されている図鑑のようなものがあったらひとつひとつ調べたりしたかもしれない。

雑草も季節になれば花を咲かせる。みなさして目立たないこんなもんです、というような小花だったけれど、草原全体がいくつかの色の違う花のエリアを造っているときもあったから、そういうものがずっと破壊されることなく残っていたら、貴重なある種の海浜ビオトープのようなものになっていたはずだ。

みんなで海に行って一日中遊ぶのは、小学校六年生あたりが最後だった。家から運動靴にシャツやズボンをはいて行ったから、海に入る前にそれらを脱いで、草原の中に丸めて隠すことになる。今思えば、小学生のボロ靴や服などを盗んでいく人など誰もいなかっただろうに、ぼくたちはけっこう真剣にそれらをまとめて、比較的丈のある草むらの中の葉の下に隠すようにした。

大事なのは帰りにその場所をきちんと見つけることで、それは陸地側に見える比較的よく目立つ、例えば風呂屋の煙突や、横手に見える遠くの海沿いの大きな建物などを記憶することだった。知らず知らずのうちに座標の中の一定の軸になるものを自分の体で描いていたのだ。

海のほうにはあまりはっきりしたポイントというものはなかったから、三方向でポイントを決める、やや不完全な座標軸ではあったけれど、隠し場所を見失っておろおろするということは一度もなかったから、けっこう役にたつ指標をこしらえていたのだった。

その草原でもうひとつ自然に発見していたのは、夏の夜など花火見物に出掛けたとき、蚊があまりやってこないエリアがいくつかあることだった。その頃から数十年後に、ぼくはモンゴル各地に十回以上も旅をすることになるのだが、本格的なモンゴルの大草原にもそれと同じように蚊の寄ってこない草のエリアがあることを知った。それはニガヨモギという草で、蚊とり線香などを作る素材になっているのを知った。

埋め立て地創成期

ちょっと書き急いでしまったのに途中から気がついた。なにしろ幕張新都心の大規模施設が毎日ずんずん大きく広く拡大していくので、その変化と成長を眺めていた記憶を引っ張り出していくと、こっちもどんどん早足のようにしてそのへんのことを書いてきてしまったのだ。

ここで気分としては何年かさかのぼって「過ぎし楽しき千葉の日々」をもう少し落ち着いて書き加えていきたいと思う。ぼくの記憶の中では、何度かにわたって書いてきた、埋め立て後の土地の変化に対する驚嘆も含めた自然の力強さが記憶の中で相当大きかったのだ。

数年にわたって印旛沼およびその周辺から干拓のような状態で大量の土砂が埋め立てされていく。それは、最初の頃は足を踏み入れると子どもなど腰までもぐってしまいそうな危うさで、当時はなにかと大ざっぱだった工事関係者も、その状態の広大な泥田に見えるエリアへの侵入禁止を告げる看板をあちこちに貼っていたし、野生動物のようにしてそれでも侵入していくぼくたち子どもらを監視する怖いおじさんが何人かいた。

まだ埋め立てされる前の自然のままの海岸にたくさんの潮干狩り客がやって来ていた頃、前にも書いたマサイ族みたいな「浜番」のおじさんたちは、無断侵入（貝掘り券を買わない）する潮干狩り客を取り締まったり、事故の有無を見回る仕事をしていたが、ぼくたちはもちろんそのおじさんから「貝掘り券」を買うなどというアホなことはせず、地元っ子の強さそのままに、いちばんたくさん稚貝をまいているところから少し外れた場所で、二〜三年越しの大きく育ったハマグリや赤貝などを捕っていた。

前にも書いたかもしれないが、地元の子は貝捕りの道具などはほとんど使わず、もっぱら自分たちで作った竹べらを道具にしていた。浜番のおじさんはそういうこともよく知っていて、まあひと夏に二、三回、子どものグループはそのおじさんに怒鳴られ、追いかけられたものだ。でも年寄りと小学生の子どもだから同じマサイ族でもスピードが断然違っていて、ぼくたちがつかまることはまったくなかった。

そうした天然の海岸が泥田に覆われてしまった。しかもそれが年ごとに拡大していく一方なわけだから、ぼくたちは激しくその味気ない泥田の風景をにらみつけていたのだった。泥田は次々と埋め立て地として堆積していき、その表面からどんどん水分が蒸発し、それを追い抜くようないきおいでいろんな海浜を好む草花が生えていくのを、なにか不思議な大自然の変化をわがものにしたような気分で眺めていたものだ。塩っけや、やはりその気配を濃厚にした海風などに強い草は、大げさな表現ですれば、一日ごとにそのスペースと草の色を成長、変化させ、素晴らしいエネルギーに満ちた風景の変化が休みなく続いていた。草は土地ごとに運ばれてきた根や種によってその群落の質や成長度合いが違っているようで、それらを見ながらぼくたちは自然にそうした海浜に適応した草花の名前などを知っていった。

境界の花見川

幕張は、西からいうと一丁目から五丁目まであって、五丁目の町の東の外れの境界線のところに花見川が流れていた。そこからは隣町の検見川町になる。花見川とはいい名だがぼくの知っているエリアに桜の木は一本もなかった。新興の町ではなく、ぼくの住んでいたところと同じくらいにけっこう歴史があり、漁業と農業を営む人々が住んでいた。思えば町と町のあいだを流れるその川は国境をほうふつとさせるような場所にあって、子どもの頃は海での遊びに飽きるとその川べりに行くことが多かった。

今思うと、すごい工事がなされていたのだが、元々そのあたりには検見川から続く丘陵があって、花見川はその丘陵のへりを大きな円弧を描くようにして流れていたのだった。だから川の規模としてはアシやススキが二十メートルぐらい生え茂った真ん中をほんの二～三メートルぐらいの川幅で流れる小川だった。

そのあたりはぼくたち海浜《かいひん》マサイ族にとってはなかなかスリルのある湿地帯で、ヘビやドロガメ（ぼくたちはカミツキガメと呼んでいた）などがわりあいフツウに生息しており、学校の先生からは子どもたちが足を踏み入れてはいけない、と言われていたが、大人の背丈ぐらいの深さの泥底の川はたしかに見るだけで危険そうだった。

前にも書いたが、まだ幕張メッセなどの新都心を造るのにそのあたりの工事までが関連しているということなど思いもよらない頃だったから、そこでかなり不思議な工事が始まったのをびっくりして眺めていたものだ。その工事というのは、隣町から続いてくる丘陵のど真ん中にトンネルが掘られ始めたのだ。けっこう大きな山だったから工事も大がかりで、大量のダンプカーやショベルカーなどの大型重機が頻繁に出入りしていた。後でわかってくるのだが、そのトンネルはアリが巣穴からセッセと土を掘り出して外に運び出すようにどんどん大きくなっていき、やがて驚くべきことに、山はそこから左右に切り開かれ、最終的にはそれまで丘陵を迂回《うかい》するように流れていた川が、ど真ん中にあいた崖と崖のあいだに移されたのだ。もう少しわかりやすくいうと、曲線を描いて迂回していた川がその工事によって旧来の流れは止められ、新たに運河のように切り開かれた川となってまっすぐ海に向かって流れるようになったのだ。

当時のことをあれこれ思い出しているうちに、そういえば、今書いたようなとてつもなくダイナミックな工事がおこなわれていたのを濃厚に思い出したのである。それによって花見川はその頃から川幅二十～三十メートルぐらいまで拡幅され、今までのアシやススキのあいだを流れていた小川はただの泥濘《でいねい》地に変えられてしまった。

記憶は錯綜《さくそう》しているから正確さに欠けるけれど、これらの工事は五～六年はかかったように思う。広げた川は、のちにできる広大な埋め立て地（メッセ）に印旛沼干拓の土砂を送り込む幹線ルートになったのである。

みこしにヤキソバの屋台

夏休みが終わると子どもの季節のクライマックスも終わりで、梅雨明け頃から毎日のように行っていた海べりの風景もすっかり寂しくなった。けれど、毎年九月十五日になるとお祭りが始まった。三日間やっていたが、前の日からぼくたちは全員落ち着かなくなり、昼休みの校庭などでは、もうぼくたちだけで勝手にお祭りをやっていた。

音楽室にあった、半分壊れていてちょっと大きめの椅子を持ち出してきて、それを神輿《みこし》代わりにして、校庭でみんなで寄ってたかるようにして持ち上げ、大人たちがやるのと同じようにあっちへこっちへ掛け声とともに、ゆらゆら担ぎ回す遊びだ。なるべく校庭の端っこのほうでやっていたが、それを見て注意する先生もいたし、笑ってしばらく眺めている先生もいて、まあ基本的には子どもらの有り余るエネルギーが本当の祭りの前日に早くもバクハツしているのを誰もが感じていたのだろう。

祭りには、山車《だし》の上でおかめやひょっとこなどが踊る神楽があり、それを小さな子が親たちと一緒に長い綱で曳《ひ》いていく。その後ろを大太鼓を積んだ小さなやぐらが、これは最初の頃は牛が曳いていたのを覚えているが、のちにオート三輪が引っ張るようになっていた。

いちばん最後に、みんながまだかまだかと胸躍らせて待っていた大人神輿がゆさゆさ揺れながら神社から出てくる。田舎町としてはけっこう大きな神輿で、その光景を写した写真が手元にあるが、まことに勇壮で、大人たちが常に百人くらいで担いでいないとぐらついて今にも傾き、けが人が出そうなほどの荒っぽさがまた素晴らしかった。

海辺の漁師がたくさん住んでいる町の祭りだから、輿がのると神輿はそのまま海に出ていき、かまわずざぶざぶ入っていくのがまた壮大で、見物人のたくさんの拍手が湧き起こったのを聞いて感動していたものだ。

大きな宮神輿と小ぶりの町神輿、それに樽《たる》神輿や子ども神輿も担ぎ出された。ぼくは小学五年と六年のときに子ども神輿を一日中担いでいた。小一時間もしないうちに休憩所に着く。といっても大きな民家の庭だ。そこには冷たい麦茶があったり、お金持ちの家ではジュースなどもふるまわれ、ナシやスイカなども山積みになっている家に入っていくと、子ども神輿といえども景気をつけて、その家のために激しくもみ上げた。大人神輿のまねをして全員握り棒を空中高く持ち上げ、神輿をぐるぐる回すという、今思えばけっこう危険な神輿のもみ方などをやったものだ。

旧街道の左右にはたくさんの屋台が並び、これもまたふだんは見ない賑やかで心震える風景だった。綿あめや、ボンボンと呼ぶゴムのついた水入りのゴムボールや金魚すくいなど、屋台の華やぎがうれしい記憶だ。神輿に疲れた子どもらは、ヤキソバ屋に群がった。経木を小さく切った上にのった一人前の焼きそばは五円で売られていた。これを連続十個食べるというのが大人になったときの人生の夢だった。

小型のまち神輿も練り歩く＝2008年（藤野義幸氏撮影）

1194年創建と伝えられる子守《こまもり》神社＝千葉市花見川区で

入場料10円のプロレステレビ

ぼくが小学校五、六年の頃、日本はプロレス人気に沸いていた。力道山が巨大な外国人レスラーを空手チョップでバカバカ倒すのを見て狂喜乱舞していたのだ。宿敵はぼくの記憶の中ではたしかシャープ兄弟といった。一週間おきの金曜日の夜八時から一時間のテレビ放映があって、その日は夕方ごろからわくわくそわそわしていた。でもテレビは非常に高額な高級品だったから、家で持っている人はほとんど金持ちに限られていた。

その頃、京成幕張駅のそばに岡田電気店というのがあって、プロレス日の八時になると、ショーウインドーの中のテレビを道路に向けてみんなが見られるようにしてくれた。でもそのテレビは箱の中に入っておらず、ブラウン管とか真空管とかなにやら複雑な映像装置の部品がむき出しだった。

たぶん岡田電気店の経営者、もしくはその関係者が手作りしたものだろう。ブラウン管がほぼ円形に近いのが不思議だったけれど、なにはともあれ、ぼくたちは一時間ぐらい前からそのショーウインドーの前に集まって、試合の中継が始まるのを興奮と期待にはちきれそうになりながら待っていたのだった。

試合は、力道山門下生らしい若い日本人レスラー同士が、短い時間、前座そのものという役割で戦い、もうそれだけでぼくたちはどっちが技をかけても拍手や歓声などで盛り上がっていた。

その当時からプロレスのスポンサーは三菱電機だったと思うが、いよいよメインイベントになる前に、三菱電機の掃除機がリングに登場し、それでマットをくまなく掃除していた。だからぼくたちはプロレスの試合というのは、みんなそうするものだと思い込んでいた。力道山が出てくるメインイベントともなると、会社帰りの大人たちも取り囲んでいて、三十人くらいの人だかりになっていた。

記憶はちょっとおぼろで、その当時だけの現象だと思うのだが、海岸に並んでいる海の家のひとつが、電気店のテレビより、もうちょっと大きくて立派な受像機を置き、入場料十円をとって見せていた時期があるのを覚えている。百人くらいは軽く入れるスペースであり、土地柄、気の荒い沿岸漁師なども観客の中に大勢いたから、ひとつひとつの技が決まると、手をたたいたり足でどんどん床を

これを見るだけで10円の価値があった

打ちつけたりするので、電気店の丸い画面よりもはるかに迫力があった。

ただし岡田電気店と違って、屈強な男たちがテレビの前のほうに陣取り、ビールや焼酎などを飲んでいたから、どうも観客のほうも危険になっていて、子どもらは横のほうや後ろのほうで覗《のぞ》き見るようにしていた。

あれは何年ぐらい続いたのか記憶はおぼろだが、よく考えると、民放のテレビ放映といえども入場料をくまなくとるというのはなにかに違反していたのではないかと今になると思うのだが、まあ、あれもこれもひっくるめて大人や子どもが一緒に楽しめる黄金の時代と時間ではあった。

ボールド山の火事

四丁目には謎のエリアがあって、近隣の人はみんなボールド山と呼んでいた。その名は未就学児の頃から耳にしていたが、山というには高度せいぜい四メートルぐらいの高さなのでそのイメージはなかった。そのかわりというわけでもないのだろうが、けっこう背の高い松の樹が生えていた。でも間隔はまばらで、大人になって思うには疎林という程度だった。けれどどういう区画割りをしたのか適当にまばらに家が建っていて、垣根というようなものはなく、どの家も（たぶん適当に）贅沢に広々と使っているように見えた。

クルマがどうにか入っていける程度の道が一本あって、それは奥のほうでちょうど「Y」の字を描くように分岐していた。

ボールド山の中に建っている家はまばらながらみんな生活住居であり、道の入り口のところに小さな工場が一軒あった。

周囲には芋畑と菜の花畑がひときわ多く広がっていて、その工場は菜種から油を抽出する作業をしていた。だから町の人はその工場を語るときにボールド山の油工場、と呼んでいた。工場にしては屋根の真ん中にある煙突はいかにも貧弱で、高さも三～四メートルぐらいのものだった。真ん中あたりが少し「く」の字を描くように曲がっていて、何本ものワイヤーで全体がとめられていた。

ぼくはそのボールド山の奥のほうに小学生の頃からの友達がいたから、よくその工場の前を通ったが、いつ行っても活気がなく、まるで休業しているようにも思えたが、ときおりその「く」の字になった煙突から薄い色の煙が出ているので、ああやっぱりここは稼働しているのだ、と知った。

もうひとつこのボールド山の住民で、いつも肩をいからせ、大きな犬を連れて散歩させているお腹の出っぱったおっさんがいた。でもこの人はいつも全体の態度がえばりくさっていて、道を行くときは必ず真ん中を歩いてくるのでその人に出会うとぼくは必ず道の端に避《よ》けなければならなかった。

ぼくが小学校六年ぐらいのときに、この菜種油工場が火事になった。

ぼくは自分の家の風呂に入っていて、ちょうど大きな火の玉が爆発するような光景をまのあたりにした。びっくりして「火事だあ、火事だあ」と叫んだ。兄たちがどかどか風呂場にやってきたが、燃えているのは風呂場ではなく、三百メートルぐらい先に見えるボールド山の工場なのだ。しかし風呂場で「火事だあ、火事だあ」と叫んでいるのだから、そこに来るのは当然なのだったが。

いそいで服を着て火事見物に走った。もうすでにかなりの人が野次馬《やじうま》にきていて、学校の友達の顔もいっぱい見た。菜種油工場のボイラーが爆発したのが原因、とすぐにみんなの話から知った。その工場の社長の息子が着ている服ごと火ダルマになって、それを消すために工場の前の菜の花畑の上を叫びながら転がっていたという。少したってその人は全身火傷《やけど》で亡くなった、という話だった。

旅芸人一座がやってきた

季節は正確には思いだせないが春か秋だった。あたりの草木がいい色になってくる頃だったからあれはやっぱり春だったんだろうなあ。

昔長屋があったところが古くなって腐ってたわみ、隣に住んでいた地主がそれらの廃棄物を始末してそのまま空き地になった。周辺は生け垣で囲まれていたので子どもらの贅沢な遊び場になっていた。

そこに季節ごとに巡回芝居がやってきた。

トラックいっぱいに積み込まれた丸太や板材を、地下足袋を履いたおっさんたちが数人がかりで威勢よくおろして、すぐに組み立て始める。全国で組み立てと解体を繰り返しているからだろう。その仕事の早いこと。日が暮れる前にはあらかた懐かしい舞台ができあがっていた。

舞台の下は芝居の大道具、小道具。それにたくさんのゴザ。みんな見慣れたものだった。関係者は男女いれて十人ぐらいいた。その当時はトラックの荷台にひとかたまりの人間が乗ってきても警察はなにも言わなかった。

おっさんたちは広場の地主と、あれはたぶん町の有力者なんかに挨拶《あいさつ》に行っていたのだろうなあ。もらってきたらしい一升瓶をぶらさげて帰ってくる。この旅芸人の一座がやってくるのはうれしいのであたりが暗くなるくらいまでぼくたちは見物していた。舞台の後ろではおばさんたちが女の仕事をしていた。「おーい。君たち。明日四時から始まるからなあ。国定忠治だからなあ。近所の人にでっかい声でそう伝えるんだぞう」。たいていそんなことを言われてぼくたちは帰された。

翌日は学校が終わるといつもの遊び仲間と三時過ぎにはもうそこにやってきていた。

おっさんもおばさんも昨日とはまったく違う人みたいになっていて、鬘《かつら》をかぶっている人やこれからの人などがいてわさわさ忙しそうだった。今思うに彼

らはその野外舞台の内側に寝ていたのだろう。

　大家のところから電線を引いてきて要所要所に電球をつけると、広場の一方に目も覚めるような大きくてきれいな祭り舞台のようなのが浮かびあがった。舞台の周囲には大漁旗がかざられ、内側には風呂屋で見るような三保の松原の絵が一面に貼られ、ぼくたちのほかにも早くも集まっている子どもらが三十人ぐらいはしゃいで走り回っていた。でも開演時間三十分ぐらい前になると子どもも大人も

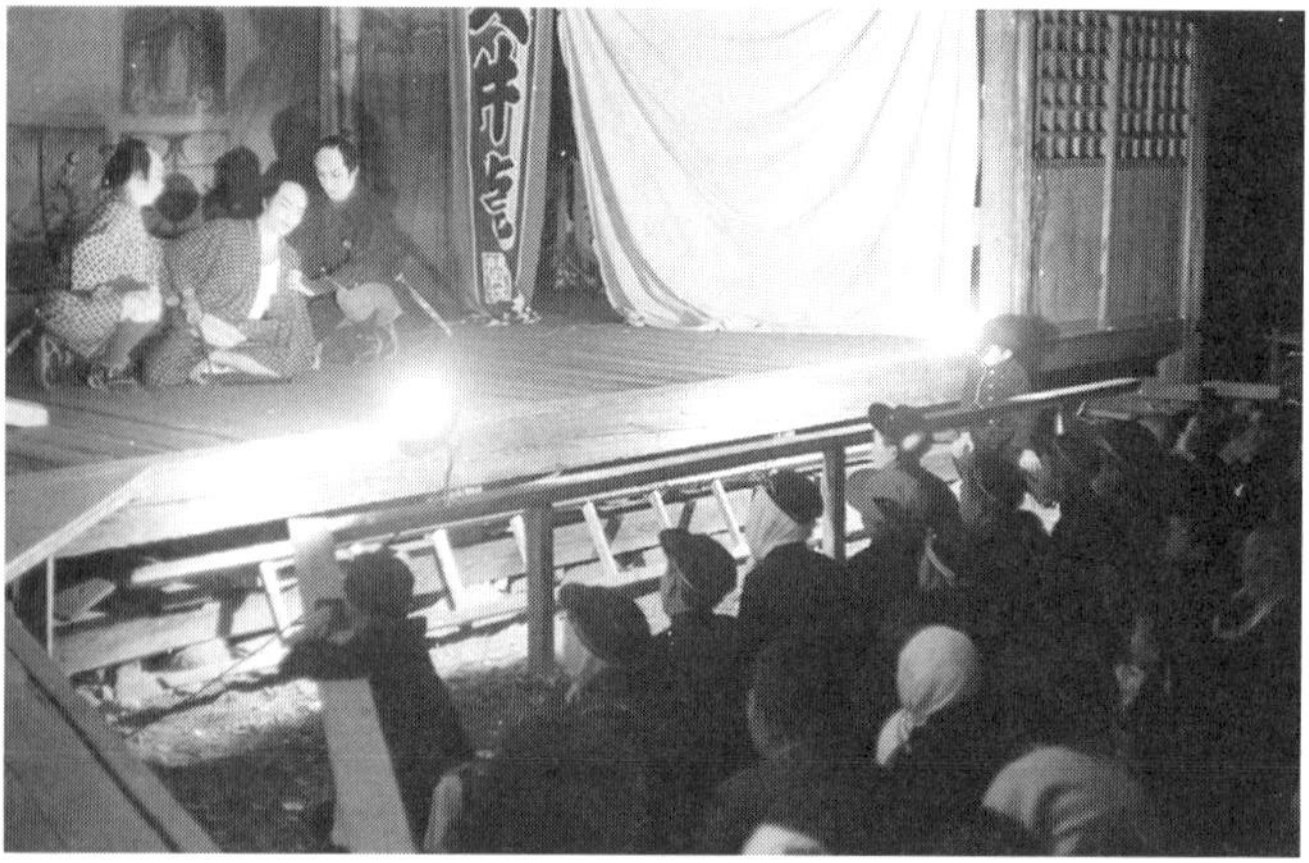

旅芸人一座の野外舞台での公演風景。子どもたちが最前列で、役者たちの熱演に見入っている＝1957年9月（菅原廉緒氏撮影）

いったん外に出される。大人も子どもも入場料を払わないと芝居が見られないのだ。

いくらだったか忘れた。大人二十円、子ども十円ぐらいだったろうか。開演のレコードが鳴ると、今までどこにいたのだろうか、と不思議に思うくらいの美男美女が現れて、まあいってみれば前口上が語られる。観客は百人ぐらいになっていただろうか。

芝居は子どもでもわかる面白さで必ずすぐに刀の切り合いが始まった。ぼくたちにとっては至福の時間だった。

舞台の上で何人も切られるのだが切られた人はいつの間にか舞台からいなくなり、少したつと別の着物で出てきたので「あれは死人だ」などとぼくたちは得意になってそう言いあった。

その頃の三大ヨロコビ食堂

子どもの頃、食べ物でヨロコビだったのは、どこかの店に出前を頼み、家でラーメンを食べることだった。その延長で大いに興奮ハラハラしたのは、なにか大事なお客さんが来て、お寿司《すし》を出前してもらうことだった。子どもらはまったく員数に入っていないのだが、客によってはけっこう驚くべき数を残して去っていくいい人もいた。母親が見送りのために門に行っているあいだ、ぼくと弟などはわっといって群がり食べたものだった。まあハゲタカとさしてかわらない。

もうひとつの楽しみは、親と一緒にどこかに出掛けて食べ物屋さんに入り、そこで出来上がりのものを食べられることだった。今と違ってファミリーレストランなどないし、当時の幕張には、ちゃんとした食堂はきわめて少なかった。

いちばんグレードが高いのは、駅前にあるお寿司屋さんで、今思えばありふれた「末広鮨」という屋号だった。しかし、しまり屋の母親はなかなか寿司など食べさせてくれず、たいていラーメンだった。今でもそうだが、田舎のほうに行くと、寿司とラーメンを扱っている店がけっこうある。家への出前のラーメンと違ってアツアツのを食べるのは、子どもとしてもやはりおいしく、心もイブクロもヨロコビにうち震えていた。当時の末広のラーメンは、ラーメンの上にメンマと小さな焼き豚、そしてナルト巻が、以上代表、という格好で真ん中に置いてあるのが記憶に鮮明だ。

もう一軒、その当時、田舎の町のどこにでもあったように幕張銀座（！）があって、そこはある程度商店が並んで賑やかだったが、飲食店は二軒しかなかった。一軒は「燕楽」といって、カウンターだけの店で、出るものものもタンメンしかなかった。

振り返ると、ぼくは今でもタンメン好きなのだが、この店に行く頃はもう中学以上になっていたから、自分の小遣いをやりくりしてそこへ行くのを楽しみにしていたし、味もなかなかスバラシかった。

カウンターの上に人数分のドンブリが並び、親父《おやじ》さんか奥さんがまず最初に味の素を小さじに半分ぐらい、全部のラーメンに入れていたのを思いだす。それからアツアツのスープが注がれる。実にうまい。しかいあのうまさは、半分以上味の素のうまさだったのだろう。親父さんは競馬とか競艇の賭け事に夢中で、厨房《ちゅうぼう》の中でいつも奥さんと激しく喧嘩をしていたのを思いだす。

もう一軒、そこから四、五軒行ったところに、「つるや」という甘味屋さんがあった。そこはそれこそあんみつとか今川焼きが主役なのだが、ラーメンもちゃんとあって、しかも今言ったほかの二店よりも安かったから、わりあいよく行った。店の中に数冊「平凡」と「明星」という芸能雑誌があって、待っているあいだ、それをパラパラ見ているのもココロ躍る記憶だ。どっちかにドクトル・チエコのナントカ相談というコラムがあって、けっこうぼくたちにはドキドキする秘密の話が書いてあり、ひそかに読んだ。それもこの店の魅力のひとつだった。

ぜいたくな幕張草原

今の幕張メッセしか見たことのない人には想像もつかないことだろうけれど、あれらの高層ビルや野球場など巨大建造物ができる以前は、一面の草原だった。その数年前は海だった。いろいろな手段で土をあのスペースに運び、ローラーをかけて平らにし、それでもまだしぶとく残っている海水をどんどん押し出していった、という荒っぽい開拓の時期があった。その頃はあの広大なスペースいっぱいにさまざまな工事用の大型の車が入り込んでいたから、民間人はもう簡単にはその中に入っていくことができなくなっていた。

たまっていた海水が海にほとんど押し流されてしまうと、そこから土砂が流れ出ないように、広範囲を閉鎖するための鉄の囲いが施されていった。かつての海岸べりから見ると、その先端部分の埋め立て地までは五キロないし十キロはあったように思う。たしかな数字ではなく、子どもの目の尺度で言っているので、たいへん乱暴な数字になるが、とにかく幕張の海は、土で広大な面積が埋め尽くされたのだ。

それからしばらく工事は別の地域に移ったようで、平らな荒れ地はそのまま放置された。しかし自然というものはつくづく強いと感じたのだが、ほどなく全面的に土色だった広大な荒れ地が薄緑色にそっくり染まっていった。それは季節が変わっても決して色あせることなく、かえって緑を濃くしていった。それらはみんな典型的な海浜植物であり、当時の東京湾ではそれほど広大な人間の手が及ばない自然の楽園はなかったように思う。

ぼくにとって幕張という土地は、この時期の風景が、後年振り返ると、最も素晴らしいものだったように思う。草の中にはおびただしい数の虫が生息し、季節になるといたるところでヒバリが巣を作り、それを狙った大きな鳥が悠々と滑空しているのを何度も見て、ああ、ここは実にいいところだなあ、と少年ながら感心していたものだ。

しかし、そういういい時代は当然のごとく長続きはせず、間もなくところどころに工事をする拠点のようなものが造られ、それらを見るたびに、ああもうここはおしまいになってしまうのかもしれないなあ、と思ったものだ。もし幕張メッセやとてつもなく規模の大きな新都心化計画がなかったら、この広大な自然の海浜原っぱは、東京の、いや日本の重要な海浜ビオトープのようなものになっていったはずである。

その海浜草原では、もうひとつ

急ピッチで建設工事が進む幕張新都心地区＝1988年、東京新聞ヘリ「おおづる」から

忘れえない記憶が横溢《おういつ》している。隣町（検見川）の同じぐらいの歳の少年団らとここで鉢合わせをすると、互いになんの恨みも因縁も、ましてやその根源になる動機もないのに、ほぼ申し合わせたように殴り合いの喧嘩になったことである。でもその頃の喧嘩を思いだして、それでもまあいい時代だったと思うのは、十人対十人などといっても、あくまでも一対一の組み合わせで闘ったことだろう。

海の家がまた建て直された

長い年月をかけて埋め立てられた幕張の海岸は広大な草原になっていった――という話を何度も書いた。最初の頃は、それらの埋め立て地を連続した鉄の囲いで海水の浸食を防いでいたが、やがてそこはコンクリートによる頑丈な堰堤《えんてい》になり、果てしなく続くと思われた埋め立て工事は、そのコンクリートで囲われた段階でひとまず完成したようだった。コンクリートを固めるための板材が外されると、幅約三十センチぐらいのかなり長大な堰堤回廊ができ、その上をぐるりと歩いてまわれるようになった。

同時にその埋め立て工事のために取り壊されていた海の家が、その堰堤からさらに先へのびていくように、たくましく再建築され、昔の砂浜の海岸にあったのと同じ屋号の、「千鳥」とか「いそしぎ」などといった店が営業を再開させたのだった。

正確な距離は今もってぼくにはわからないのだが、埋め立てされた最先端まではおよそ四キロはあったように思うので、もう駅から歩いて行ける距離ではなくなった。潮干狩りの観光客などはどうやってその海へ行ったのか、あまり覚えていないのだが、たぶんそれぞれの「海の家」が独自の送迎バスを仕立てて、お客さんを招き入れたのだろうと思う。

従前の、砂浜から海に向かって建てられていたときよりも、約四キロも沖に造られたわけだから、潮干狩りの客は海の家から海へ出ると、かつての海岸からすでに四キロ先の沖合に出ていることになる。だからそうなると、潮の満ちてくる期間が早くなり、今までのような時間の幅で潮干狩りができなくなっていたと思うのだが、そのへんもどうなっていたのか、なぜかぼくにははっきりした記憶がない。

海へ行くと満潮時を利用して、どんどん沖へ泳いでいくようになった。満潮になると、海の最先端から五百メートルも行かないうちに、二〜三メートルの

ラーメン
磯丼
オッ丼

水深になる。

さらにその当時のそのあたりの海には水脈《みお》という海の中の川のようなものがあり、今までいた場所からほんの五〜十メートル横に移動しただけで自然の流れがあり、ぼんやり泳いでいると沖に流されていたり、あるいは満ち潮のときは陸に流されていたりするのだ。それを知らないで沖にどんどん進んでいくと、けっこう危険でもあった。でもまあそこに住んで十年もたっているから、ぼくはすっかり地元の子どもであり、海の中の水脈がどのへんにあるか大体わかっていた。

その頃はまだベカ舟という一人か二人が乗れる程度の小舟が沖合に刺した竹竿などにつながれており、よく知った屋号（沿岸漁師には独特の符丁があった）の舟をちょっと借用し、泳がずにずんずん沖に進んでいったりした。

荒れている海では危険だが、遠浅の海はそのへん沖合遠くに漂流してしまうこともなく、なかなか快適な舟遊びだった。

学芸会でまぬけな大男役をやって受ける

小学校の南出入り口の横に公民館があって町の人の民謡大会や、のどじまん、ときどき有名歌手の出演などもあった。世にいうドサまわりというやつなのだろう。ぼくがよく覚えているのは淡谷のり子がきたときだった。有名歌手だから三百人ぐらいしか入れない公民館は大入り満員だった。公民館の窓には夜なのにぜんぶ暗幕がかけられ二階席には大きなライトが左右にしつらわれ、五人ぐらいの楽団もちゃんといた。

司会はいたのかどうか。きっとちゃんといたのだろうけれど記憶はない。ただ淡谷のり子がものすごく豪華な衣装で舞台に出てきたとき二階席にいた観客の男が「黒バッタア！」と大きな声で叫んだのをよく覚えている。どういう意味でそんなことを叫んだのかまるでわからないが、けっして歓迎の意味ではなかったような気がする。淡谷のり子は「フン、田舎者め」と思ったことだろう。

だから大スターは少しも動揺することなく子どもにはあまり面白いわけでもない歌をつづけた。後にその日のことを思いだすときっと「ブルース」を歌っていたのだろう。

公民館での催しでいちばん楽しかったのは毎年秋に開かれる「学芸会」だった。

小学校と中学校は別々にやったが小学生は人数が多いので一〜三年は教室で自習という冷遇措置だった。小学校も中学校も演目は合唱と遊戯みたいな踊りと演劇が中心で、その中でも演劇が一番の人気であり楽しみだった。でもそんなことを言っていられたのは五年生までで、六年になるとかなり本格的な演劇にぼく自身が出なければならなくなった。

演劇指導の先生がどうもぼくに目をつけている様子で、すぐに声をかけられた。

いちばん初めは木下順二の「三年寝太郎」でぼくはわき役で間抜けな大男の役。その頃ぼくはすでに百七十五センチあった。それなのに先生はぼくに新聞紙をいくつも重ねて折って作ったカミシモのようなものをつけさせ、肩のところに一メートルの物差しをいれ、その上に古いドテラを着せて帯をしめさせた。さらに「ほうば」とよぶ天狗の履くような高下駄を履かせるので自分でもなんだこりゃ、と思うようなとんでもない巨大男になった。

役柄は三年寝太郎にだまされるシャックリのとまらない大男で、シャックリをするときは肩を大きく上下させて「ギョッ、ギョッ、ギョッ！」と大声で言う。

練習のときに各クラスから集められた芝居のできる生徒の中をこの扮装《ふんそう》をしてギョッギョッと歩きまわると、集まっていた出演者からバクハツするような笑い声が起きてぼくはすっかり主役を食ってしまった。セリフは「うんだ、うんだ」ぐらいのものであとは「ギョ、ギョ、ギョ」と言って歩き回っているのだから楽なもんだった。学芸会の当日になるとぼくのその間抜け演技は公民館中がバクハツするくらいに受けて、比べてみればぼくは淡谷のり子より受けていたような気がする。

中学の学芸会は小学校でぼくをスカウト(?)してくれた教師の演劇指導で演目は菊地寛の「父帰る」と本格的なものとなった。ぼくは主役の長男役。父親役はその演劇指導の教師が出演した。この先生は大学のときに演劇を本格的にやっていたらしくこのときの演出は厳しく本格的だった。

幕があいて最初にセリフを言うのはぼくだったから六十年以上たっているのにまだそのセリフを覚えている。

「おたあさん。おたねはまだ帰ってきていないの?」

というものだった。おたねはぼくの妹の役、そういうキャスティングだったのだろう。千葉の田舎町にしては上品できれいな顔をしていた。そのとき生まれて初めて淡い恋心ぐらい抱いてもよかったはずなのだが間抜けなシャックリ大男と違ってシリアスな役なのでそんな余裕は生まれなかった。

「幕張の浜」なんて誰が名づけた

前に書いた埋め立ての先の海の家は、そんなに長い間は営業していなかったような気がする。その頃になると、ぼく自身が子どもの頃のように夏には毎日海辺に行くということがなくなり、記憶は断片的になっている。たぶん、受験期に入っていたのだろうと思う。時々行く埋め立て地は、たくさんの工事用の車が入り込んでいて、とても賑やかになっていた。幕張新都心のさまざまな施設の基盤工事が始まっていたのだろう。

そうして、ぼくは十九歳のときに千葉から東京に戻ってしまったので、あの暑くて熱い青春の貴重な日々を、大切な記憶として心のうちにとどめていたのだ。

幕張メッセの巨大な建物が遠望できるようになった頃、アスファルトの立派な道路ができて、ぼくがよく遊んだ一帯まで車で近づけることを知った。そしてもうそのときには海の家は完全に撤去され、一軒もなかった。

見慣れない真新しい石碑が立っており、そこには「幕張の浜」と書いてあった。初めて見る文字だった。仲間たちとそうか、ここは幕張の浜だったのか、と少し苦笑する思いで眺めていたものだ。

子どもの頃、ぼくたちはこの海を幕張の浜などとは呼んだことがなかった。なんと呼んでいたのかよく思いだしてみると、ただ「海」と言っていたように思う。海だから海で、それ以上なにも付け加えることはなかったのだ。

話には聞いていたが、目の前のコンクリートの堤防の向こうに砂が敷き詰められていた。かなり広い面積で、これは山のほうから大型トラックで何杯も持ち込んできて、人工の砂浜を造ったものだった。平日の午後だったように記憶しているが、浜には人の姿はなく、あいかわらず穏やかな東京湾の内海特有の静かな波がその見知らぬ砂浜に打ち寄せていた。初めて見る人にはきれいな浜と見えただろうが、ぼくには沿岸漁師の姿もその人たちが操るベカ舟もない海は、数分間見ていると飽きてしまう、平凡なありふれた「ぬり絵」のような海の風景に過ぎなかった。

その砂浜の真ん中あたりに大きな立て看板（たたみ二畳ぐらい）が三つか四つ立ち並んでいた。そこには「利用者の遵守《じゅんしゅ》事項」と大書きされている。遵守とは難しい言葉だ。子どもには理解できないだろう。江戸時代の「オフレ」みたいだった。そこにはたくさんの注意事項が書き並べられていて、全部読むのにけっこう時間がかかる。書いてあることはありふれた

埋め立て工事の後には、人工海浜が造られた（著者撮影）

注意と禁止事項の羅列で、人に迷惑をかけるなとか、花火を上げるなとか、犬猫を連れてくるなとか（猫？）、やたらに穴を掘るな、などという事項で、いきなり飛び込むのはやめましょう、という項目などは、見てすぐ笑ってしまった。遠浅の海で、泳げるまでの深さに行くには最低五、六分はかかるし、飛び込む場所さえなかったのだ。これでやたらに空を見上げるなとか、海をいつまでも見るな、なんて書いてあったら、ここにきてもなにをしていいかわからなくなる。

いちばん笑ったのは、つぎの人は泳いではいけません、という項目で、そこには、心臓病、腎臓病、高血圧、腸カタル、リウマチ、脳血栓、筋肉のけいれんする人、などなど病院のような項目がズラーっと並んでいた。泳ぎなさいと言われても、私はいやです、とあとずさって首を振るような病名がいっぱい羅列されていた。海の現場を見てもいない、もしかすると泳いだこともない役人ども（千葉県企業T）の正体なんてこんなものか、と思った。

校庭に鳥が群がってくる

戦後急速に増えた生徒をおさめるためにぼくたちが入学した古い中学校には大きな校舎が建造されていた。新しい校舎をいくつも建設して、同時に校庭づくりもやっていた。そのあたりは関東ローム層のただ中だったから、いたるところにある疎林の生えた小さな山などから削った赤土を、何台ものダンプカーが校庭に運んできていくつもの小山を作った。

ダンプカーが次の土を持ってくるまでのあいだ、どこからともなくいろんな鳥がやってきてその赤土の小山のまわりに群がった。なにをしているのか見にいくと、赤土の中から顔を覗かせている大小さまざまな虫を狙っているのだった。いわゆるイモムシというやつである。

これを狙ってくる鳥はカラス、白鷺《しらさぎ》、ハゲコウ、キャアケキャアケという特徴的な鳴き声で大騒ぎするミズナギドリなど海の鳥がけっこう多いのに驚いた。

校庭は北の方向に向かってどんどん広げられていくようで、それらの赤土の山ができるとブルドーザーが土の小山を崩して整地していく。するとまた砂がかきまわされるからだろう、ブルドーザーの後ろを鳥たちが行列をつくるようにして追っていく。この大群の行進ができるともう授業どころではなく「ああ早く外に出て遊びたいなあ」ともだえるような気持ちになるのだった。

どの段階で混ざり込んだのか、時々小さなヘビがそのブルドーザーの作った臨時赤土の上でくねくね踊っていることがあった。たいていはヤマカガシだった。当時はヤマカガシはまったく無毒だと信じられていたので昼休みの時間などはその踊りまくるヤマカガシを捕まえて首に巻いたりするのが勇者のあかしだった。

もっともそんなのは小学生の頃からの延長にすぎない幼稚な遊びで、中学上級生はまだ今までどおり使えるテニスやバスケのコートなどに行って、部員もそうでないのもまじったおそろしく大勢のボールゲームをやっているのが玉取

りゲームみたいで面白かった。

　その中学には遠い山の中にある規模の小さな小学校も含めると七校ほどから生徒が集まっていたので、そういう自由時間はどうしても出身小学校ごとに徒党をなしてしまうことが多かった。いちばん大勢いるのはぼくたち海べりに沿って広がっている町の出身者で、当然学校の中でも大勢力を誇って、狭くなった校庭な

椎名少年が通った千葉市立幕張中学校の校舎。後に取り壊され、現在は別の校舎が建っている（1955年度の卒業アルバムから）

どでもいちばん広い面積を使って遊んでいた。

第二勢力は学校の裏側にある丘陵沿いに広がった農業中心の町からやってくる生徒で、ここからは八十人ぐらいの生徒が参入してきていた。距離にして学校から千メートルもないエリアに住んでいるのだが、海浜仕事の町と農業専門というのは生活や考え方がそれぞれ異なっていて、親たちの代からあまりうまくいっていない。ささいな感情の行き違いだったのだろうが、時々双方で口喧嘩などが起きるようになっていた。

川をへだてた石投げ合戦

ぼくたちは花見川を越えて隣町の検見川町の同じぐらいの年齢の子どもらと遊ぶことはまずなかった。

いきなり拡幅されリッパな川になったそこはちょうど国境を分けるような区切りになっていた。

さしたる理由はなかったけれど隣町同士、川沿いにやってくると、橋はかかっていたものの互いに向こう側まで行くことはなく、双方自分の「国」の自然の中で遊んでいた。

あるとき双方五、六人の同じぐらいの人数のときに、いきなり相手に向かって石投げが始まった。運河だったから手頃な石は川岸にいっぱいあったから投げる石には事欠かない。どちらから始まったのかもう記憶はないが、いつしか双方でかなり激しい「石投げ合戦」になっていった。

どちらもこのあいだまで小学生だった年齢だったから、幸か不幸か小さな石といっても向かい岸の人間にストレートに命中するような力のある石は投げられず、比較的体の小さな友人などは向こうの川岸まで届かないぐらいだった。だから石投げといってもめったにテキに命中することはなく、たいていお互いにへろへろに疲れて、いつしか自然休戦となった。

今思えば川向こうの隣町の少年たちと石投げ合戦ができるなんてとても恵まれた環境だったように思う。

この敵対関係はやがて川を下って海まで戦闘範囲が広がっていった。双方の町の少年団にとって格好の素晴らしい場所が誕生していたのだ。

日本は山などの奥地にいかないかぎり自然の草原《くさはら》といったものはまずない。でもやがて幕張メッセになっていく広大な埋め立て地には夏になるとどんどん雑草が生え、そこはまさしく自由な「海浜草原」になっていた。

ぼくたちにとってこれほど素晴らしいフィールドはない。

リッパに成長した川と突然あらわれた海浜草原で自由に遊べたぼくの少年時代は素晴らしい黄金時代だったのである。

ところで、この草原でも隣町の少年団と出会うと対立的になり結構緊迫した。

そもそも幕張と検見川の少年たちがなんでそんなに敵対感覚を持っていたか、ということを説明しなければならない。

それには歴史があった——

花見川の河口付近。ここから東京湾、太平洋へと続いている＝千葉市美浜区で

ということをあとで知り、少年なりに理解した記憶がある。

互いに遠浅の海で仕事をする沿岸漁師の町である。海洋での漁獲はある程度の境界線を守っておこなわれていたらしいが、季節ごとに大きな収入になる獲物を巡って双方の町の漁師らが喧嘩同然の漁獲争いからコトは始まったらしい。浅い海だからこその闘争関係である。親から家族らに双方競合関係になった相手の町のことを悪く言うような風潮になり、それが子どもらにも伝播していって、川原の石投げなどになっていったらしいのだ。

草原の決闘？　いやシャモの喧嘩？

広域に渡って埋め立てられた幕張の海は、最初の夏から雑草があっという間に茂り、汚いいちめんの赤土を美しい緑の海浜草原に変えていった。「幕張海浜草原」と名づけてもいいくらいだったが、その草原の寿命はそれほど長くない、と大人たちは知っていたからなのかそういう呼び方は誰もしなかった。

中学生になっていたぼくはその埋め立て地に行くことが多くなった。名前の知らない海浜性の雑草には虫や鳥が棲みつき、たちまちたくましいビオトープを形成していたのだ。

埋め立ての先端まで行けばコンクリートの護岸がぐるりと囲んでいて、その護岸の上にすわって海風に吹かれたり、寝そべって太陽の下で贅沢なヒルネをするのも最高だった。

夏の季節になると、その護岸まで歩いていけば干潟を歩いて沖に行くより楽で、満潮のときなどには護岸からもう腰のへんまで潮がきていて遠泳するのも沖から帰ってくるのもてっとり早く、つかの間なのだろうけれど、ぼくとしては、この海と沿岸は新時代を迎えたな、などと思ったものだ。

気持ちのいい季節にはたいてい五、六人の仲間と「幕張草原」に行った。

けれど国境みたいな川を挟んで何度か石投げの喧嘩をしていた検見川の同じ歳ぐらいの連中もその〝新草原〟によくやってきた。双方にとってはテキ同士である。草原は幕張のほうに造られているので検見川の連中に対してぼくたちは「お前らなんでここにくるんだよ」という感情があった。

まあ子どもであるから仲良く遊べばいいものを、前に書いたように微妙に違う土地の気質と、そこそこ歴史をもった大人の世代から受け継がれる敵対感情があったから、両方が原っぱにくると自然に剣呑《けんのん》な空気が流れた。

そうしてあるとき、双方のそんな感情がなにかのきっかけでいきなり膨れ上がり、両方ではっきり意志をもって接近していき、にらみあいになった。双方十人まではいなかったが、まあだいたい同じぐらいの数だった。

大人でもなく青年のチンピラでもないし、小学生でもないから、双方向かいあって互いに相手を罵倒するような余裕はなかった。みんな緊張していたからだろう。誰もなにも喋《しゃべ》らなかった。

そうしてごく自然にぼくは前に出ていって、検見川勢からは「長」という名の、半ば不良っぽくなっているやつが前に出てきて、いきなり同時に殴りあった。子どもの喧嘩だから二、三発げんこを振り回してそのどれかが相手にあたり、ぼくにもあたった。状況としては〝草原の決闘〟だが、子どもの喧嘩は軍鶏《シャモ》の喧嘩みたいなもので二〜三分すると、にらみあいになり、やがて双方に数人の仲間が集まってきて、互いにそのままにらみあいながら、なんとなく「ひきわけ」みたいな感じでタタカイは中途半端に終わった。それからぼくはいろんなところでよく喧嘩をするようになるのだが、その日が初戦だった。

ドアのむこうのタカラモノ

ぼくたちの仲間に年上の二人組が加わった。二人とも中学の二年生だった。それまでも町なかなどで顔見知りだったが、一部を除いて親しく話をするまではいかなかった。でも「幕張海浜草原」で出会うと妙に懐かしい気持ちになり簡単に親しくなった。

二人は同じ中学の一年先輩だったし、何人かは同じ運動クラブで先輩、後輩のあいだ柄だったから、たちまちぼくたちはその二人の子分のようになってしまった。

また検見川町の連中と出会ったときにこれでかなり有利になる、というひそかな安心感もあった。一年先輩の仲間が入ると遊びかたも前と少し変わっていった。

海岸草原の突端のほうに新たに造られた有料休憩所「海の家」も季節的にもう閉まっていたけれど、先輩二人は「宝探しだ」と言ってその中にどんどん忍び込んでいった。

埋め立て以前の海岸に海の家があったときは、その夏の営業をやめるときは数人の男たちが海の家全体を解体した。ぼくたちはその日の作業が終わったあとなどによく忍び込んでいたが、草原海岸に新しくできた海の家は季節が変わり、営業が終わっても入り口のところだけ頑丈にバラ線などで囲って、本体そのものは海の中に建っていた。ぼくたちは海に入り、柱をよじ登って簡単に無人の海の家に忍び込むことができた。

といっても営業を終えた海の家の中はがらんどうでなにをすることもない。自然にプロレスごっこなどを始めたりしていたが、それは海の家の板の間などではなく、むしろ埋め立て地の草の上でやるほうがなにかの拍子に投げられたときなどダメージが少ないということに気がつき、やらないことになった。

そのうちに新たに加わった先輩二人が「おい、宝探しをやろう」と言いだした。二人は売店のところにいて、ぼくたちを手招きしている。

売店といってもベニヤ板で囲った幅二メートルもない粗末な造りで、入り口だけがラワン材のかっちりしたドアになっていて南京錠がかけられていた。

先輩二人のうちのハラシマという名の背の高いほうは映画スターのような顔をしていていかにもかっこよかったが、今思えば「悪賢い」ところもあって、ぼくたちが思いもよらないことを言ったり考えたりするのでぼくたちはやがて少し警戒するようになった。

そのハラシマは「このドアのむこうに宝物があるぞ」と言った。ぼくの仲間はなんのことを言っているのかわからなくて「ふーん」などと言っていたが、「おまえら夏のあいだにこの売店にいろんな商品が置いてあるのを見ているだろう」と言った。言われてみるとたしかにいつも客が群がっていて、氷アイスとかよく冷えたサイダーなどアコガレのものを眺めていた。そのときもぼくたちは海の家の入場料など払わずに海から柱をよじ登って入ってきたのだが、誰もそういうものを買うお金がなかった。

オオミズナギドリと南京錠

夏のあいだ海はもちろん空も雲もピカピカしていたのに、いつの間にか、びっくりするくらいはりあいのない色をした雲がちょっと低い空を海から陸の方向に、そしてその反対側の方向にぼんやり流れていることが多くなった。その二つの方向ばかり流れているわけではないだろうが、ぼくたちが空を見上げるとたいていどっちかなのだ。それはみんなの意見も同じだった。

「海風と陸風の関係じゃねーか」

先輩のクマダがそれを聞いてなんだかつまらなさそうに言った。もうひとりのハラシマ先輩は最初から「海の家のタカラモノ」にこだわっていて「ちょっと本当にやるからな。お前らは外を見張っているんだぞ。誰か知らない人の姿が見えたり、工事関係のトラックなんかがやってきたらすぐ教えるんだぞ」。

ハラシマは急にビシビシした口調でそう言い、クマダと売店の錠の様子をじっくり見ていた。

売店をふさいでいる二枚のベニヤ板はがっちり太い釘が打ちつけてあり、その横のほうの出入り口はラワン材のドアがあり、柱とのあいだに結構大きくて頑丈そうな錠前がかけられていてとても忍び込めそうになかった。

「用心深いんだな。この休憩所。なんて名前だっけ」

「オオミズナギドリ」

ぼくたちの仲間のパッチンがちょっと得意げに言った。

「ああそうだった。キャアケキャアケなんていつまでもけたたましく鳴くやつだよな」。クマダが言った。

日が暮れていくのも季節が進んでいくのに同調しているように、夏のさかりの頃とは比べものにならないくらい暗くなるのが早く、ハラシマたちはそれで少し焦っているようだった。

「おい」。クマダがぼくの名を呼び「お前もこっちきてちょっと手伝え」と声のトーンを落として言った。

「あっそうだ、その前にな、三十センチか四十センチぐらいのコッパを見つけてきてくれ」と言った。クマダは木っ端のことを言っているのだとわかった。

がらんどうの休憩所をひとまわりすると、そのくらいのはすぐに見つかり、太さと長さの違うのを五本ほどそこに持っていった。

「うーん。その中でいちばん堅そうなのを一本選んでくれ」

ぼくは言われたとおりその中からいちばん堅そうなのを選んだ。

魚を狙い海面近くを飛行するオオミズナギドリの群れ（堀内洋助氏撮影）

選ぶ基準はぼくの頭にコンコンと軽くたたいて判断した。それを見ていたハラシマはなんだか感心したように「お前はつくづく面白いやつだな」と笑いながらぼくの差し出した一本を受け取った。

そのコッパでなにをするのか興味があったのでぼくはそのまま見ていた。二人は錠前には触れず錠をとめる可動式の錠かけの片一方、柱のほうに突き刺さっている丸い大きな穴釘のほうを木っ端でたたき始めた。左右からゆっくり同じくらいの力でたたいている。「こうして少しずつたたいていくと、やがてこっちのほうの穴釘が緩くなって錠全体をはずせるんだ」。ハラシマは確信に満ちた声で言った。こういうことに慣れているようだった。

ぼくたちの襲撃作戦1

その日いきなり始まった海の家の「売店襲撃」は、最初のうちはクマダの言う「そういうのけっこう面白いんだ」という「気分」のほうが先にたっているような気がしたのでさして抵抗感はなかったが、いざ実際にハラシマとともに問題の錠前引き抜き作戦に取りかかると、ふいに奇妙な現実感をもって少し恐ろしさが走った。

ハラシマはぼくが持っていった木っ端のいくつかを試すように取り換えながらその効果を試しているようだった。やがてそれらの木っ端の中でいちばん手応えのある一本を見つけたようで、錠前本体には手をつけず、それをとめているそこそこ頑丈な柱に打ちつけてある大きな目釘《めくぎ》の上下をたたき始めた。そんなに力を込めず、軽く上から三回、下から三回、という程度だ。でもぼくが驚いたのはそれを思いがけない根気のよさでかなり長いこと繰り返していることだった。

なんでも乱暴でがさつに見えるハラシマがそのようなことをやるのが不思議だった。

思い切りたたくのと違ってそうやって慎重にたたいているとさすがに疲れるらしく、ハラシマは十分ほどでクマダに代わった。

実質的にはわからなかったが、そうやって小さく何度も同じことを繰り返しているとあの頑丈に打ちつけてある大きな目釘が目に見えていくらか浮き上がってきたように見えた。

ハラシマは手でその成果の具合を見ているようだった。

「よし。ちゃんとうまくいっている。ゆっくり何度か交代しよう。だけどお前のバカ力で思い切りたたくんじゃないぞ」

木っ端を渡しながらハラシマは言った。

「わかっているよ。ヒロシマみてえにこまかいことをグズグズ言うな」

クマダの言ったヒロシマというのはぼくたちの通っている中学の教頭の名だった。朝礼のときなど、教頭であるヒロシマの各項目に渡る注意事項のくどくてながたらしいのは、ぼくたちの中学では「のっぺりヘビの長グソ」と言われていた。その土地で以前から言われていることで真相は不明だが「のっぺりヘビ」というのがいて、そいつがクソをすると自分の長さぐらいの

幕張新都心の一角に広がる未利用地。かつて少年たちが遊んだ「草原」の風情があった＝千葉市美浜区で

細くて長いクソを長い時間かけてするので、見つけるとみんなの見物の対象になったという。

ぼくは見たことがなかったけれど一度ぐらいは見たいと思っていたが結局そのチャンスはなかった。

けれど本物のそれを見ることもなくヒロシマ教頭は痩せて細長く、のっぺりヘビによく似ていたのかもしれない。

クマダはハラシマのやり方をよく見ていたようで同じ動作を同じスピードで進めた。三、四度ずつ交代したところでハラシマは「ようし、やったぞ」と小さく低く叫んだ。

しばらくすると南京錠は目釘とともにボロリと取れて床に落ちた。中には駄菓子とかカンヅメなどがいろいろ納めてある。それらを適量いただいて、また南京錠と一緒に目釘を元のように打ち込むとそのあたりは何事もなかったようになった。

ぼくたちの襲撃作戦2

ハラシマとクマダが絶妙なタイミングで上から下からたたいていた大きな目釘が目で見てわかるくらいにはっきり緩んできているのがわかった。やがてそれまでしっかり握っていたハンマー代わりの石を足もとに置くと、ハラシマは素手でその目釘をつかむとさらにこまかく上下にゆさぶっていった。

目釘ははっきりそれとわかるくらいに緩んできたがハラシマは「おーい、誰か手をかせ」と言っていったんそこから離れた。今までずっと右手で揺すっていたのだが赤くなってきた指先をもう一方の手で擦りながら、数歩さがって目下の成果を眺めた。

体の大きなクマダがまたハラシマに代わり、同じようにやると間もなく目釘と一緒に錠前の全体がポロンというふうにそっくり抜けた。

ハラシマが最初に目釘にとりついてからなんだかんだで三十分ぐらいかかったけれど、成果は確実にあがっていたのだ。

目釘ごと外れた板戸はそっくりそのまま外れてしまった。その内側は、夏のあいだよく目にしていた売店がそっくりあらわれた。

でも夏のときとは違っていろんな商品の上に細紐《ひも》で縛った直径五十センチぐらいの包みが乱雑に積み重ねてあり、売店ではなくやはり全体が倉庫然としていた。その小さな囲いの中にはたくさんのフナムシが住んでいたようで、それらはどうやらハラシマたちが目釘外しのためにガンガンやっているうちに大半が逃げてしまったのだろうけれど、ふいに明るくなったために残ったフナムシも一斉に逃げ始めてしまったようだった。

「やった!」

ハラシマが言うと「おれたちの努力の成果だ」とまわりを囲むぼくたちが口々に言った。

ハラシマはそのあたりではっきり盗賊団の首領みたいな不思議な落ち着きぶ

りを見せて、売店の中に積まれている包みのひとつを持ちあげ、外側を覆っている汚れた布の中のものの感触を調べていた。ひとつの〝感触検査〟が済むと別のものを調べていく。

「お前らはさわるなよ」

その検査をしながらハラシマは妙に低い声で言った。同時に「誰か外の様子を見て知らないやつがまわりにいないか見張ってくれ」と言った。

その役目はぼくたち一年生が手分けしてやった。ぼくもひととおり海の家の周辺の様子を見て回った。いつのまにか太陽の位置がずいぶん動き、人工草原の風景も時間の経過を全体の明るさではっきり示していた。

ハラシマのところに戻るとみんなの顔を見て「駄目だ。財宝はなにもない。このフクロの中身は座布団とか毛布やタオルなんからしい。元に戻すのが面倒だからどれもフクロはあけなかったぞ」といかにも無念そうに言った。それからみんなでそのフクロを元のように戻し、ドアを閉めると目釘ごとまたしっかり錠前を石で打ちつけた。作戦は失敗したが錠はちゃんと元のようになった。

「アベックの罠《わな》」作戦

九月の千葉は日によってまだ圧倒的に夏だった。それは中学生とはいえぼくたちがまだ子どもだった、ということもあったろうけれどメッセのできる前は何度も書いてきたようにいろんな草が一面に生えてきていて、その中には一メートルぐらいの丈のある草が密集しているところがけっこうあった。

潮干狩りの季節は過ぎていたし、海の家は閉鎖されていたから、幕張草原をうろついているのはぼくたちと、たまに姿を見る検見川少年団ぐらいのものだった。

日曜日など知らない顔のおじさんに出会うことがあった。地元の子どもからいうと信じられないくらい厚地の服を着ていろんな形態をしてバッグや網袋などを肩から下げていた。

海浜植物や昆虫などを採集に別の町からやってきている趣味のおじさんらしいとわかった。

ぼくたちが海浜草原にやってくるのはとくに大きな目的があるわけではなく簡単にいえば海の家襲撃の余韻が大きかった。

その頃には海の家は五軒ほどしかやっておらず、潮干狩りのシーズンが終わるとどんどん閉鎖していったから同時に活気というものも消えていった。

その一方でぼくたちの集団は増えていた。ハラシマとクマダの仲間でオッチーと呼ばれている体の大きな坊主頭がいて今までの仲間と足すと八人から十人ぐらいの集団になっていた。

季節は秋だったから夏のさかりのようにトリ貝とか赤貝といった高級な貝はその日の偶然によって捕れたり捕れなかったするから獲物探しも迫力がなくなっていた。

でも魚というのは不思議なものでその日の潮のかげんや風の強さによるのか思いがけずたくさん捕れたりするときがあるからけっこう希望があった。

いちばん熱狂するのはけっこう大きなガザミを見つけたときだった。ワタリガニともいったが、菱形をしていて波打ち際を信じられないくらいの早さで横走りにすっ飛んでいく。それを捕まえるが最高の楽しみだったけれど、同じ浅瀬にアカエイが岸のほうに頭を突っ込んでいるので、その頭を踏むと尾のよこっちょにある毒針をクルリと反転させて頭を踏んだやつの足の甲を瞬間的に刺す。ぼくなどは三回刺されていたので体に抗体ができていたようで一時間ほどで回復したが、初めてやられたやつはそのあと夜までまともに歩けなかったりした。秋の海は観光客がほとんどいないので、そんなふうに目の前の海を自分のもののようにしてまるごと楽しむことができた。

海の秋はきまぐれで、どういう湿気や温度が関係するのか秋の虫が妙に激しく鳴いている夜や蚊がずいぶん少ないときがあって、短い草が生えているところなどに寝ころんでいると光の強い星がまたたいて夕闇全体が夢のようにきれいなことがあった。

暖かい土曜日などになると夕方などに見知らぬ顔のアベックなどが時々やっ

てきた。今ならカップルというところだが、その頃はそんな言葉はまだなかった。アベックはたいてい埋め立て草原のいちばん先端あたりにすわって仲良くしていた。薄暗くなるにつれて二人の背姿がどんどん接近してひとつになっていくのが面白く、同時にぼくたちは丈の高い草むらを探してみんなで手まねで背を低くするように合図した。花見川沿いにできた養豚場からの豚たちのブヒーブヒーという悲鳴みたいな鳴き声はそのあたりにもよく聞こえていてアベックには気の毒だなあ、と同情したが愛があればそんなもの大丈夫らしかった。

そうなるまでにずいぶん時間がかかったけれどやがて二人は草むらの大地に横たわり、ちょっと目をそらしているとどこにいるのかわからないくらいになった。そうなるともっと近くまで接近していきたくなったが、匍匐《ほふく》前進していくには草の丈が足りずアベックが立ち上がるとこっちが丸見えになってしまい無念な思いをすることになった。

それからある程度のところまで接近したけれど、埋め立て草原の海よりのへりはどうしても砂のほうが多くなっていき、目標に十メートルぐらい接近したところであきらめるしかなかった。

それから何日かしてオッチーが耳寄りな情報を聞き入れてきた。

「アベックが本気になってやってくるのはもっと遅い時間になってからだ」

もっと本気になって――というのがおかしかったけれどその頃の海べりや花見川の土手にはけっこうアベックがたくさんやってきて中学、高校生あたりのワルガキはそういう大人の世界を覗くことも大事な娯楽と勉強のひとつだった。

そこでオッチーやハラシマなどが中心になって幕張草原にやってくるアベックを確実に見届けるためにはどうしたらいいか、というような会議をおこなった。

小学生の中には「あんまり遅くまでいられない……」と言ってそういう会議に加わらないのもいたので最初の話し合いに参加したのは全部で中学一年と二年の六人だった。

「目標はもう少し遅い時間って何時ぐらいかな」。朝の海苔さばきの手伝いのあるパッチンなどはそういうことを気にしていた。

「時間はわからねーよ。くるかどうか、もわからねーもんな」

ハラシマがもっともなことを言った。

「時間の見当はつかないけれど、どのへんにやってくるかもわからねーぞ。堤防の先端に行っちゃったらどうしょうもない。いつかみてーにさ」とクマダ。

「だいたい遅い時間にやってくるアベックは男も女もこの町のモンだぞ。だったら目的のためなら町から近いところに行くだろうなあ」。ウッチーはもう大人の考え方をしていた。

「ああ。そうだよなあ。町に近いところでやわらかい草が生えていて、その草もできるだけ長いほうがいい。目隠しになるからよお」。会議の主役は完全に中学二年生だった。

その次に集まったときは完全にそういう場所を見つける作戦になっていた。候補の場所はいくつもあった。いかに広大な場所といっても常にあちこち歩き回っているから最適の場所を見つけるにはそんなに手間はかからなかった。

埋め立て草原には蚊をはじめとして不思議と夏の虫がいない場所がある。前にも書いたが「よもぎ」(もちぐさ)の仲間に「にがよもぎ」という種類がある。

虫が嫌いな苦い臭いを発散させているので、蚊とり線香の材料にされたりするらしい。夏に寝ころがっても蚊に悩まされることがない場所なのだ。

怪しい六人組は体験的にそういう場所を知っていた。

「ここに自然に入り込ませるためにおれたちで草踏みをしておこう」

オッチーが言った。ものすごい作戦だ。

そこでぼくたちは日頃よく見て知っている畑の草踏みと同じように一列に並んでそれをやった。「あまり踏みすぎるな。わざとらしくないように」

オッチーの指令がとぶ。

三十分ほどでいいかんじの「アベックのためのけもの道」のようなものができあがった。そのあいだにも埋め立て草原に誰かやってこないか注意をはらう。その通りにはところどころ街灯があったし人家の窓明かりがあるから人の姿はぼんやりわかる。

作戦はそこそこよかったような気がするがそうそううまくいくことでもなかった。九時を過ぎると中学生も門限が近くなってきた。誰の家も土地柄からいいかげんだったけれど、夜遊びは厳しかった。

罠をはっている当人も眠くなってきた。

「本日はこのくらいにすっか」

クマダが言い、みんながうなずいた。

十時過ぎると海の家荒らしがあるから警察の見回りがあると、誰か町の人が言っていた――とハラシマが言った。

海浜マサイ族、真夜中の海流脱出

夏の行楽、潮干狩りのシーズン終わり、人の姿は悲しいほどまばらになってしまったけれど、埋め立て草原の緑はいくらか秋の色らしきものがまじり始めた程度で夜になると草原全体からさまざまな虫の鳴き声で昼よりも賑やかになっていた。

ぼくたちは神田パッチン、中田、おっくん、新入りのヤマ君というのがいつもの顔ぶれ、あいかわらず三日とおかず埋め立て草原に集まっていた。数年前と変わったのは花見川沿いのへりにできた養豚場が年々規模を増していることぐらいだった。

ブヒーブヒーという豚の鳴き声は海岸沿いの草原には似合わないような気がした。追い詰められた豚の悲鳴のように聞こえたからだった。

埋め立て草原に集まってもぼくたちにはたいしてやることはなかった。

やりたいことは海の家荒らしだったけれど、その頃はぼくたちのチームだけではなく、まったく違うグループが、例えばぼくたちといつも敵対している検見川少年団なんかも徘徊《はいかい》しているようだった。偶然なのか向こうがなんらかの理由で避けているのか、いきなりやつらと出会う、ということはなかった。

海の家のほうもこれまで幾多の被害にあっていたからシーズンが過ぎると建物の解体と同時に売店や倉庫の荷物を町の倉庫にいったん戻してしまう、というところもあった。けれどそれはたいへんな労力なのでいつも海岸べりをうろうろしている今でいうホームレスを夜警として雇うところも出てきた。けれどその夜警が海の家の売店にある酒などを飲んでベロベロになっていたり、休憩所で使っているたたみを重ねてベッドみたいにしてその上で寝入っていたりして結局あまり役にたたなかったらしい。

ぼくたちはまだ売り物を残している海の家に忍び込み、そんなに高価なものではない菓子類とかジュース類などを適量運び出していた。

その頃の侵入は夕食が終わって夜の八時ぐらいに集結したので、本格的なドロボウみたいな気分になってドキドキした。

そんなある日いつものようにまず堤防の端に集合し、その波止めコンクリートの上を海の家まで並んで歩いていった。その夜ちょっと気になったのは養豚所の豚がひときわお祭りをやっているように騒がしかったことだった。

その日は中学の先輩のクマダとハラシマが加わっていたので頼もしかった。ハラシマはバスケをやっていて背が高い。二回目にやってきたときはボールをかかえてきていた。海の家の壁を使って遊ぼう、と思っていたらしいが解体の進んでいる海の家にそんな空間があるかどうかわからなかった。

海の家が埋め立て前のまだ昔の自然の海岸線にあった頃は解体まではせずにまわりを戸板で囲って縄で幾重にも縛り、一般の人が出入りする浜と海の家のあいだをつなぐ斜めの出入り通路の途中にバラ線を幾重にも巻いているくらいだったからまだどこかに夏の名残がいっぱい残っていて今のような「ひっそり」といった空気はなかった。

だから埋め立て草原の海の家の半分ぐらいがそっくり解体されているのを見ると「ああ夏も終わっていくんだなあ」などと感傷的になっていた。いつも侵入している「海の家」に入っていこうとしたとき、いちばん後ろのほうを歩いていた誰か（あとできいちゃんとわかった）が「あれー！ 誰なんだろう」と叫んだようだった。たちまち我々の隊列は乱れ、闇の中に数人が散らばった。

そのとき闇あかりながらぼくたちのまわりには大小の竹の棒を持ったやつらが接近してきていたのだった。

そいつらは近づいてくると無言ですごいいきおいで手当たり次第にぼくたちを竹棒で殴ってきたのだった。

ぼくたちも竹を持っていた。ぼくは列の前のほうにいたので戦うためのぼうへら（櫂《かい》）の半分折れてるやつを手にして、襲ってきた連中とタタカウことができた。

誰かの懐中電灯で中心人物らしいやつの顔がわかった。もうそれまでのあいだに何度も喧嘩している検見川の通称チョウという乱暴な男だった。

運よく隊列の後ろのほうで誰かが悲鳴のような声を出しチョウが振り返ったスキに斜め後ろから櫂のいちばん薄くなっているところでチョウの両膝の後ろ側を殴りつけることができた。チョウと素手でやるときいつもやられぎみだったけれど、その夜は最初の一撃でかなりのダメージを与えることができた。チョウはそのとき木刀のようなもの持っていたから挽回されるとあぶなかった。

幕張草原でのいきなりのタタカイは勝敗はつかないままだった。

なぜならそんな騒動のさなか五つの海の家を半円形に取り囲むようにして強烈なヘッドライトが点灯したのだ。あきらかに誰かに待ち伏せされていた、というタイミングだった。小さな赤いライトもそれぞれのクルマにあって警察のクルマ以外考えられずテレビドラマか映画みたいだった。

この話は初めて書くのだがまったく本当の話で若い頃に知られるとタイホされるかもしれない、という不安があったのだ。でも今からはるか昔の江戸時代の頃（のわけないか）の話だからのう。

なんであんな大げさに張り込まれたのかその後時々考えるのだけれど検見川の連中が埋め立て草原にやってくるには花見川にかかる千葉街道の橋を渡ってこなければならない。そして警察署は千葉街道に面したところにあったから十人ほどの小中学生が夜中に棒など持って揃って歩いてきてちょうど警察署の前になる埋め立て草原への道に入っていけばいくら田舎ののんびりした警察でも「怪しい」と思うに違いない。たしかめたことはなかったがこのところの「海の家あらし」が警察に通告されていたのかもしれない。

パトカーが五、六台、眩《まぶ》しいライトをつけて我々を囲むように並んでいた。いわゆる張り込みというやつなのだろう。ぼくたち幕張勢が八人。検見川勢が十人近くいたようだった。

こんなふうに書くのもナンだが、ぼくたち二つのグループはワルモノだったからその反応は素晴らしかった。威嚇的なヘッドライトの行列から逃れるためにいわゆる蜘蛛《くも》の子を散らすようにして海のほうに逃げたが何人かは海の家の床下に向かった。そこには海水が四十センチぐらい浸水していた。板の台があってベカ舟が何艘《そう》か裏返しにしまってある。あとでわかったが検見川の連中の何人かはそのベカ舟の下に隠れたらしい。

そのほかの多くは海に逃げた。その時間運よく満潮だった。ぼくたちはしょっちゅうそこに来ているから勝手はわかっている。大潮の日は二十メートルぐらい海に出た桟橋を走っていくと満潮になると先端あたりで水深一・五メートルぐらいになる。そこからさらに三十メートルほど横に泳いでいくと「水脈」がある。海の中のかなり激しい川だ。

その日はいろいろついていた。時間的に満潮から干潮に切り替わるときで潮は沖に向かって強く流れ始めていたのだ。水脈の流れのすさまじさは慣れない人が見るとかなりのショックを受ける。海の中は緩やかで丸い砂州がいくつもあってその上に立っていると十五センチぐらいの水深で、流れというほどのものは感じないのだがそこから十メートルぐらい離れたところに水脈があり大人の背が立たないくらいの深い川が流れていて、泳げない人がうっかりそんなところにはまってしまうとたちまち足をとられて流されてしまう。泳げなくて慌てるとそれで溺死してしまうこともあるのだ。

水脈に入るときに陸のほうを見た。警官が振り回しているのだろう。たくさんの懐中電灯が動き回っていた。ぼくたちの反応があまりにも早かったので警官らは海に逃げたとは思わなかったようだった。懐中電灯の光は横の方角にバラバラ動いている。もっとも栈橋の先頭まで来ているぼくたちのほうまでは光はとどかなかったろう。栈橋を見つけて先端まで来て海に入ろうとする勇気ある警官はひとりもいなかった。警察というのは全国各地から集められた人々だから、海の近くに勤務していても海の知識はほとんどなくて、まして夜の海に飛び込んでくる勇気がある人はあまりいなかったのだろう。海猿の子どものほうが強かったのだ。

「コラあ！　戻ってこーい！　逃げるなあ！」なんて叫んでいる。バカじゃないのか。誰が戻るもんか。

栈橋の先端まで来て水脈に入ったのはぼくたちの町の仲間と隣町のやつが混在していた。暗くて見分けがよくつかなかったし、状態としてもう敵も味方も

幕張少年マサイ族

なかった。みんなこころえていて大きな声は出さないようにしている。

「この水脈は二丁目のほうに流れている。背の立つところとそれより深いところがあるよ」。神田パッチンが隣町の連中に説明していた。彼らはうなずき、背が立つかどうか試してみたりしている。真っ暗な沖に向かって流されていくのは実際勇気がいるものだった。

「干潮時の横流れは早いから次の水脈まで十分か十五分だと思うよ」。ハラシマが言った。上級生がまじっているのはこういうときもこころ強かった。

ぼくは真夜中の水脈流れはそれまで体験したことがなかったので、背が立たないところを流されながら陸に見えるいくつかのあかりを注意して見ていた。それらの光が遠ざかっていったとしたら危険だった。沖にどんどん流されていく、ということになるからだ。逆にいつ頃接近してくるだろうか、ということが気になった。陸のあかりが消えてしまうとそのあとどうなるのか見当がつかなかったけれど口にはしなかった。

でもハラシマが言うようにさして時間をかけずに水脈の流れる方向が変わっ

たのがわかった。二丁目の沖も埋め立ての先端になるから桟橋はなかったけれど上陸するのはたやすいはずだった。

護岸からはね返されてくる波はたいしたことはないはずだった。そういうぼくたちの動きを知っていて海岸に警官たちが待ち構えていたらどうしたらいいだろうか、とまた少し不安になったがそのあたりの陸上はまだ埋め立てが完成していなかったからクルマが簡単に入ってこられるようになっていなかった。

まもなく脱出、上陸成功。

ほかの仲間たちがどうなっているのか気になったが懐中電灯を振り回し「こら戻れ、こら戻れ」と繰り返しているばかりのへっぽこ警官には誰もつかまらないだろうと思った。

警官に勝った！　ぼくたちはみんなで喜びの声をあげた。もう大きな声を出しても聞こえやしないだろう、とみんなわかっていた。

こうしてぼくたちのその年の夏のクライマックスのひとつは終わった。その後みんなと連絡がとれて隣町の連中も誰も拘束されていないのがわかった。

あの日は喧嘩だけで窃盗はなかったけれど、これまでの経過からいってあの夜つかまってしまうとそれまでの悪事があるから悪くすると教護院ぐらいにもっていかれたかもしれないなあ、と大人になってから考えたりした。そうなるとぼくの人生もいろいろ変わっていっただろうな、と思った。そうしてそのあと夜の海の家周辺にはあまり集まらないようになった。反省したわけではなく季節が変わってもう寒くなってきていたからだ。

ハマグリ一貫目

もうじき冬の季節になるからだんだん海の透明度がましてくる。でも晴れている昼間はぼくたちはしぶとく海に行って泳いでいた。

埋め立てによってかつての海岸線から四キロぐらい沖に出たところまでコンクリートの堰堤ができていて、数年前までは引き潮のときなどそのうちの三キロほどをそこそこ海水につかりながら歩いて深いところまでいかなければならなかったのだが、今は堰堤の上を歩いていけばいいのでずいぶん楽になっていた。

堰堤の突端まで行くと満潮のときは、そこから難なく泳げる海に入っていける。そういうときも営業を休んでいる海の家が便利だった。夏とは違ってぼくたちもそこそこ衣服は着ていたけれど、バラ線で防護されている海の家の中にスルスル侵入し、誰もいない海の家で服を脱いだ。服は別に隠すこともないので、みんな海水パンツひとつになってすぐ海の家の突端からもう腰のあたりまで押し寄せてきている〝沖〟に入っていった。

夏のあいだ潮干狩りで賑わっていた浜だが、今はほとんど誰の姿も見えない。潮干狩りは引き潮になって広大な干潟があらわになると観光客は小さな貝掘りクマデを持って干潟に広がり、まだ幼いアサリを収獲してあちこち掘って喜んでいる。そのアサリは観光業者が春のうちにそのタネをばらまいていたものだから、ぼくたちはそんなものを狙わずに秋になってから二～三年ものの天然のハマグリやトリ貝、マテ貝などを狙って海に入っていくのだ。

深さ三メートル前後の背の立たないところまで遠泳していくと海水はすっかり澄んでいる。

ぼくたちは簡単な目だけカバーする水中メガネをつけて海底すれすれに潜り、大きな貝を探す。潮が引いてしまうとまったく見えないのだが、海の水で満たされると、それらの貝のライフサインが海底の砂に見えてくる。砂の中に潜って海水を吸引、排水しているそれらの貝の呼吸孔を見つけるのだ。

それはたいてい二つ並んであいているのですぐにわかる。見つけると竹べらでほんの十センチぐらい掘ると大きなハマグリや赤貝、トリ貝などがすぐに掘り出せた。捕獲したそれを海水パンツの中にねじ込み、一息で何個捕れるか、なんてのがぼくたちの「成果」であり「自慢」であった。ある程度捕れると腰にまいて持っていった手拭いで各自それらの獲物をしっかりくるみ、出発した海の家に戻る。

風にさらされるとさすがに寒いので、このまえの錠前を目釘ごとこじあけてしまうというハラシマの〝名人技〟で売店をあけ、あのとき発見した大袋をあけて、その中に入っているタオルで体を拭いた。それから倉庫にあった七輪《しちりん》を海の家の真ん中に持っていって火をおこし、捕ってきたばかりのハマグリや赤貝の炭火焼きを作った。

すぐにいい匂いが鼻孔をついて、やがて我先にそれらをむさぼった。本当はしょうゆが欲しかったが、それを持ってくる役目だったパッチンが急に風邪をひいて来なかったのだ。

パッチンのバカヤロウと言いながら、ぼくたちは獲物を全部たいらげてしまった。

潮干狩りで賑わう幕張海岸。こういう観光客を横目に深い沖に出て大ハマグリを捕った＝1970年（千葉市提供）

緞帳《どんちょう》が開き、高まるコーフン

中学生になると小遣いが月百円になった。同時に電車に乗って近隣のそここ大きな街に行ってもいいことになった。幕張からは国鉄（今のＪＲ）と私鉄の京成電車のどちらでも千葉に行ける。電車賃は片道十円。中学生は大人料金だったが子ども料金でごまかした。駅員は実はわかっていたようだがなにも言わなかった。

当時のぼくから見たら千葉は大都会でいきなり華やかな気持ちになった。まずデパートに行くのが楽しみだった。奈良屋と扇屋という大きなデパートがあって、そのどちらも華やかで、とくに何も買わなくてもいろんな売り場を眺めて歩くだけで心が浮き立った。

本売り場などではいろんな雑誌をパラパラやっていても誰にもとがめられる

こともなく、そういうところも都会はいい！　とつくづくうれしくなった。

最大の楽しみは映画を見ることだった。映画館は何館かあったがいちばん大きくて堂々としていたのが竹沢劇場でぼくは嵐寛寿郎の鞍馬天狗が好きだったので新しい作品が公開されるとやはり鞍馬天狗ファンの友達と誘いあい、心弾ませて劇場に行った。映画は了ども五十円だった。中学から大人料金になるけれどそこもごまかして子ども料金で入った。ぼくは背が高かったのでチケットを買うときは膝を曲げていた。

竹沢劇場は館内が広く、天井が高い。場内は落ちついていて大きな幕がかかっていた。その当時は呼び方を知らなかったがつまりは「緞帳」である。端っこのほうに「パピリオ」と書いてあった。その会社が寄贈したものなのだろうが、パピリオという文字もモダンで都会的で、やっぱり大都会はいいもんだ、と友達と力強く握手などしあった。

映画の上映の時間になると天井にあるいちばん大きな照明がじわじわ暗くなっていき、それに合わせるように目の前のパピリオの大きな幕が左右に開いて

恋する女たち
映画の夜
千葉 竹沢東宝
映画
千葉竹沢

いく。

もうその上映開始の一連の連動が素晴らしく、ぼくの期待とコーフンは極限まで高まった。本格的な映画館のスクリーンは夏に小学校の校庭で必ずやった野外映画の、敷布を二本の柱に張りつけて上映するようなのとはまったく違って風が吹いてくると画面の中のスターの顔などがふわふわ歪《ゆが》むようなことは一切なく、なによりも画面が大きかった。

劇場の映画はニュースから始まることが多くたいていアメリカンフットボールのニュースなどがあって、そのあとは予告編だった。ぼくは本編が始まる前のこれらの映像が好きでワクワクしていた。

映画が終わるとそのまま帰った。電車賃は往復二十円、映画が五十円。残りはその月であとで使うことがいろいろ出てくるので駅そばを食べていきたかったけれど我慢しなければならなかった。大人になったら駅そばを大盛りおかわり、というのが夢だった。でも大人になるとそんなにたくさん食べられなかった。

千葉公園の戦い

日曜日など数人で千葉に行くことがあった。そういうときは映画など見ないで千葉港や千葉公園などに行った。港で大きな船の荷おろしなどを見ていると飽きないし、クレーンの役割などもよくわかった。でもそういうのを見物している場所を選ばないと「コラァどけどけ、邪魔だ」などと大きな声で怒られる。

そこで次は千葉公園に行った。駅裏のなにかの跡地にさして高低のない規模の大きな公園があり、隅っこのほうに幼児用の遊具が置いてあるだけだからぼくたちはやや傾斜のついた広場などに行った。そこには大きなコンクリート製の塔が威圧的に屹立《きつりつ》していて「忠霊塔」と書いてあった。なにかを奉ってあるものだ、ということはわかったがその「なにか」がぼくたちにはわからなかった。

ところどころに小さな子をつれた親子とかちょっと遠慮がちなアベックがチラリホラリ。

コンクリートで護岸を造った人工の小さな川で、いくらか落ち葉をためて困ったように水がチョロチョロ流れていた。

全体に余計なものはなにもない、という感じなのでぼくたちは困り、もう少し斜面を登っていくとコンクリートで造られた大きく丸いものがあって、そこに五、六人のぼくたちとほぼ同じぐらいの学生がいてそのうちの何人かはタバコを吸っていた。

友達にはなりそうにない連中だとすぐわかったのでそちらのほうには行かないようにした。それでもそいつらがかなり速い動作でぼくたちのほうにやってきてなんとなく取り囲まれてしまった。

「てめえらイモ中だな」

そいつらの中で学生帽をアミダにかぶって異常なくらい色の黒いひとりがあきらかに喧嘩腰で言った。

幕張少年マサイ族

喧嘩早い神田パッチンが「なんだ千葉のだらだら野郎！」とすぐに応戦した。「こんなとこでシケモクふかしてみっともねえ」。ぼくたちの仲間の中田が追い打ちをかけるようにして言った。

すぐに「なんだあ、この野郎」ということになってたちまち殴り合いの喧嘩になった。千葉は漁師町が多いのでどこへ行っても大人も子どももちょっとしたことですぐに喧嘩になる土地だった。それぞれのグループが二手にわかれて殴り合い、双方の何人かが及び腰になっているのが見えた。ぼくたちは幕張の埋め立て草原でとなり町の検見川の連中としょっちゅう殴り合いをしていたから、そこにいるやつらより数ではまけていたが結構互角に闘えた。そんなところに制服を着た公園整備員が二人走ってきたのでどちらがどうという結果がでないまま、両グループは別々の方向に逃げた。

安産祈願の七年祭り

毎年九月の十五日から三日間は幕張町の祭りで、神事の暦が主体だから週末に合わせるなんてことはなく、まあたいてい平日に学校の教室で遠いお囃子《はやし》を聞いているのはけっこうザンコクだった。まだ暑い季節だから教室の窓は全開になって外の音がまるまる入ってくる。そんな中でまともに勉強なんかできるものじゃなかった。

授業が終わると一目散に家に帰り、ランドセルをほうり投げるとただいまーも行ってきまーすもなしに外に飛び出していった。

幕張の町は一丁目から五丁目まであって毎年祭りのもろもろのしきり一切は一丁目から順番に担当になった。でも住宅の数や町としての景気のよさはいろいろだった。歴史があり、神社なども大きな地域は町としての貫禄があり、神輿や山車も同じものを使っているのだろうがなにしろイキオイがちがった。神輿は地方のものとしては結構大きく、重そうだった。高校生以上でないと、とりついてはいけないことになっており、ちゃんと資格があって神輿にとりついても浜漁師がハバをきかせている土地だったから背が低く痩せっぽちはすぐにはじきとばされた。

ぼくはクラスでいちばん背が高かったけれどなにしろまだ小学生だから強引に飛びつこうとすると三メートルぐらい吹っとばされた。

そのときなんとも甘い匂いが神輿のまわりにもやもやしていて、後にそれは酔った親父の酒の匂いだ、ということがわかった。

祭りの話は前にも書いた気がするが、ここらの広い一帯には「七年祭り」というものがあり、これは数え年で七年目（六年ごと）におこなわれるのでこう呼ばれ、規模が大きく県指定の無形民俗文化財になっていることをあとで知った。

昔下総《しもうさ》といったこのあたりに点在するけっこう大きな神社が連動しておこな

う七年に一度の文字どおり大祭だった。

この祭りの由来は藤原時平の子孫が久々田《くぐた》（津田沼の菊田神社）に流れついたという伝承から始まった。

安産の神社として知られ、この地域のかなり広範囲にある神社が七年ごとにおこなわれる大祭に参加する。神社によって役割が決まっており、二宮神社が父。子安神社が母。幕張にある子守《こまもり》神社が子守《こもり》。三代王神社が産婆《さんば》、菊田神社

2009年におこなわれた「七年祭り」の様子＝千葉市花見川区で（船橋市教育委員会提供）

が叔父。大原（大宮大原）神社が叔母、時平神社が長男。高津比咩《ひめ》神社が娘、八王子神社が末息子、というような堂々たる神社の一族があって、それらの神輿の四基が十一月の真夜中に幕張の海岸に集まってくる。

ぼくは小学生のときの記憶しかないが、幕張海岸に長くて大きな竹が何本も打ち込まれ、それらに囲まれた中でお産の儀式がおこなわれるのだった。

房総とはいえ十一月真夜中の海岸は寒い。ネンネコみたいなのにくるまって震えながら「これはたいした祭りだ」と感心して見ていたものだ。次の七年後にまた見るんだ、と決めていたが、その七年は何度も通り過ぎてしまった。

風格と威厳のある巨大な神輿は相当に重いらしくたくさんの担ぎ手がとりついていた。神社の場所によって真夜中に長い距離をやってくるのでみんな疲弊の色が濃かった。

十三夜に罠がかかってこっちが困った話

千葉の秋の海風は申し訳ないくらいおとなしくなってしまうし、さしたる山もないから山の風が吹き下ろしてくる、ということもまずない。十五夜などになると海の波なども遠慮してしまうらしく、十一月に入るまでは夜になっても埋め立て草原に遊びに出掛ける中学生以上の子どももけっこういた。

花火をやっている子どもが多かったがぼくたちがよくやっていたのは夜釣りだった。脂ののった秋のハゼやボラなどが岸辺近くにやってくるのだ。

漁師も好みによってシャコ捕りにやってきた。これは大量に捕れると商売になり、子どもらが釣るとけっこう贅沢なおかずになる。

ぼくたちはマテ貝を捕るのが得意だった。マテ貝はパイプみたいな格好をしていてけっこうずしりとした中身がある。

これは潮の引いた浜田川の流れ込みに行って板切れやスコップで十センチぐらい薄く川岸の砂を削りとり、そこに家から持ってきた塩をばらまく。するとなににどう反応しているのかわからないのだけれどマテ貝が酔っぱらったみたいにふらふらしながら勝手に砂の中からあがってくるのだから楽しい。

ただそれだけなのだけれど、本当に簡単に捕れてしまうし、面白いし煮ても焼いてもなかなかうまいから調子のいいときは全員でコーフンして捕りまくった。でもなかなか謎の多いやつで不漁のときはみんなでストライキを起こしているみたいにまったく捕れなくなってしまうのだった。

まああの獲物があるときは埋め立て草原のほうにいってそこらにある木っ端でシャコもマテ貝も焼いて食べる。もう夕飯は終えている時間だったがそこそこ働いてお腹が減ってきているので月あかりの下でこれを食べるのもヨロコビのひとつだった。

その日は十三夜ぐらいで時々薄雲が走っていたけれど満足するまで食べられてシアワセだった。

「ああ、うめかった」

などと呑気《のんき》な声を出しているとクマダが急に背を低くし、声も落として「おいみんな草の陰に隠れるんだ」などと言った。

なんだかわからず、それでもみんなクマダの言うとおりにした。なにが起きたのか誰にもわからない。

「アベックが来た。あったかい月夜だからな」

ああそうか、とみんないっぺんに理解し、少し前ぼくたちみんなで草踏みや草狩りをしてケモノ道みたいなアベック用の草むらの罠をこしらえていたことを思いだした。

姿を見せたアベックはまだずっと遠くなので果たして罠にまでやってくるかわからないけれど、もしうまくいった場合に備えてぼくたちも迅速に用意しておく必要がある。

アベックがやってくる方向には遠く町の灯が見え、街灯もいくつかついていたけれどぼくたちのほうにはなんのあかりもない、というのも好都合だった。

でも果たして本当にぼくたちの魔の罠に向かってくるだろうか。罠は草原のちょうど真ん中あたりだった。あまり表の通りから遠いとアベックというのは浮かれている連中だからそこにくるまでにもっと近い草っ原でべったり仲良くしている。あまり距離があるとそこまでこないところで転がってしまうかもしれない。でもぼくたちが仕掛けた草っぱらは規模といいそこまでの距離といい申し分ないはずだった。

雲がさっきから濃淡を持ってゆっくり流れているのでムードとしては申し分なかった。たったひとつ養豚場から聞こえるブヒブヒが邪魔だったけれど、豚だってなにか楽しいことを予感しているのかもしれない。「アベックだって愛があれは大丈夫」。まだ小学生なのにおっくんがこしゃくなことを言った。

ひそひそそんな話をしているうちにけっこう時間がたってアベックはくねくねしたかんじで歩いているのにけっこう着実に接近してきていた。

クマダが前よりも緊迫したような声で、「おい、みんな本当にこっちに近づいているぞ。なんかいろいろ喋っている声が聞こえてくるようになった」。ブタの鳴き声のあい間にたしかに二人の笑い声などが聞こえてきているのがわかる。「あんな野郎」と男が野太い男で言っているので二人して誰かの悪口を言っているらしかった。

「どうする。本当にこっちに向かってきているぞ」

きいちゃんが場違いに情けない声を出した。

「あれはパールによく来ているやくざ者みたいだぞ」

クマダが言った。パールというのは幕張に初めてできたバーだった。京成駅のすぐ裏の道だ。

「本当かよ。どうする」

「今から逃げたら確実に見つかってしまう。警察に行くかい」

「バカ。警察に行ったらぼくたちがつかまってしまうじゃないか」

困ったことにぼくたちはあきらかに狼狽《ろうばい》していた。そのあいだにも今となっては厄介な標的がぐんぐん接近してくる。

「みんなできるだけ背の高い草むらの後ろに隠れるんだ。かたまるんじゃなくてバラバラだぞ」。闇の中にクマダのスースーした声が流れる。みんな俊敏に言われたとおり行動した。

この「草むら」に入ってくる「誘い道」はひとつ。そこを十メートルほど歩いてくると分離してひとつが幅二〜三メートル、高さ一メートルぐらいの草のカタマリが十いくつかあってひとつに子どもが二、三人は隠れることができた。ばらばらにわかれて隠れている六人の子どもらを全部探そうとしたら容易なことじゃない。近くで見るやくざ者はあきらかに酔っていて月のあかりの下でも足もとがおぼつかなかった。

もつれるようにして歩いてきた二人はその丸い草の大きなかたまりとかたまりのあいだにからまるようにして倒れた。

大人がこういうところでなにをするかみんなおおかたの見当はついていたが、あとでわかったのは、実物を見るのはみんな初めてだった。クマダだけは初めてなのかそうではないのか最後まで正確には教えてくれなかったけれど。

もう二人にはっきりした会話というのはなくなり、もつれる二人が服やズボンを脱ぐ生地の擦れる音や常に猫の鳴き声のような喋り方をする女のほうがなにか言葉にならないことを喋ったりうめき声のようなものを発していた。

二人の大人のきまぐれで落ちつく場所が決まったわけだけれど、そこはぼくときいちゃんの二人で隠れている草むらにいちばん近いところだった。

二人は時々笑いながら草の上に抱きあって転がり、女がもつれた喋り方で「犬の糞なんかないかしら」とそこだけいきなりはっきりした口調で言った。

ぼくの隣に隠れているきいちゃんは怯《おび》えているのか興奮しているのかよくわからない表情でそのうちに体を小さく震わせ始めた。

「どうした。怖いの?」

きいちゃんは顔を左右に振り、「ううん。小便したくなっちゃった」。

困ったようにそう言った。

「バカだなあ。さっきやっときゃよかったのに」

「あんときは緊張して出なかったんだ」

そのとき今まで気がつかなかったけれどぼくときいちゃんのすぐ横の草むら

にクマダが隠れているのが見えた。さっきより闇に目が慣れてクマダの表情まで見える。

ぼくはきいちゃんを指さして小便をするしぐさをした。それもふざけて言っているのではなくて切羽詰まったような表情をしてわかりやすくした。

結局クマダが手まねで合図してからみんなのところに行き、数分後にさっきの自分たちのいたところに戻る、ということになった。

その合図としてクマダがなにかいきなり大きな声を出して騒ぐからそれを合図に全員で好きな方向に逃げることにしよう、ということを伝えた。六人がバラバラの方向に逃げたらあいつは誰を追ったらいいかわからないだろう。それにたぶん追いかけたくてもそれはできないはずだよ。

クマダは自信に満ちた顔で言った。理由はやくざは今パンツを履いていない。月のあかりの下でパンツ脱ぐの見てたんだ。

クマダはその日の帰りにそんな話をした。

「それにだいぶ酔っていたし草の根に足をひっかけて転ぶぐらいがせいぜいだ

ったよ。念をおしておくけれど誰もやくざに正面から顔は見られていないな。見られてもどうせ覚えていやしないだろうけれどさ」

クマダはいろいろ頼り甲斐のあるアニキだった。

埋め立ての堤防を降りて幅の狭い砂地のところにきたとき「きいちゃんもう大丈夫だ。しょんべんしろよ」ぼくは言った。

そこできいちゃんは海に向かってズボンの前ボタンをはずし、小便する体勢になったがなかなかジャボジャボする音が聞こえない。

「どうしたきいちゃん？」

「しょうべんがうまく出てこない」

「あれ！　お前チンポコとんがってきちゃってるんじゃないか」

クマダが言った。

「とんがってないよ」

きいちゃんはムキになって否定した。

海の農業

新しく埋め立てられた先端部分にはそれまであった屋号の海の家に加えて「大海原」と「すなやま」という新たな二軒が加わり、今までの海岸の景色とはかなり違って見えた。

暮れから新年、そして冬休みなどはあまり海には行かなかった。みんなそれぞれの家の手伝いをやらされたし、海に行きたくても仲間が揃わなかった。

千葉のそのあたりは冬はよく晴れる日が多かった。農業と沿岸漁業を兼業している友達のところはそういうよく晴れた日は家の手伝いがたいへんだった。

海苔を作るのがいちばんもうかるからみんなやっていたが、これは真冬のまだ暗いうちに親の引くリヤカーを押して、まだ暗い海の中に入り、海苔ひび（海の中で海苔栽培している網畑）に育った海苔の若い芽をベカ舟に乗っていってたくさんむしってくる。これはまさしく海の農業そのものだった。まだ海水がしたたり落ちるままリヤカーに載せて家まで持ち帰る。

庭ですぐに水洗いして包丁でこまかく切り刻み、木で作った海苔枠に浮かべて全体の厚みを平均にして藁《わら》で作られた海苔よりひとまわり大きなすだれのようなものに上手に載せる。その日収穫した海苔の処理がすむとまた一家総出で自分の畑に持っていって、そこに収穫のすんだ農作物の代わりに太陽にむけて斜めに立てた海苔干し

幕張海岸の海苔貼りの様子＝1957年（林辰雄氏撮影、千葉県立中央博物館蔵）

に丁寧に並べて干す。

　あたりが冬の寒さでも、快晴ならそこそこ風が吹き渡るような日は午後三時ぐらいにはすっかり乾いてしまい、吹いてきた風にさらわれて飛んでいってしまう海苔がよくあった。

　海から歩いて十分ぐらいのところにぼくの家があり、そのまわりにはけっこう畑が多かったので、風に飛ばされていくそういう乾燥したての海苔をよく見た。どこからはがれて飛んだか風向きでだいたいわかるのでそういうのを回収して持っていってあげるとずいぶん喜ばれ「あいよ」などと乾きたての海苔を数枚くれた。

凧《たこ》の空中戦

冬の千葉は毎日よく晴れた。でも房総半島とは違って幕張、検見川、稲毛などの沿岸地帯はさしたる山がないせいか、からっ風が吹くとかなり寒かった。海からの風よりも陸を走る風がけっこう冷たく、晴れて陽《ひ》のあるうちはともかく、遅い午後になると陸から海に向かって吹く風は油断できなかった。

昼間は海側から風が吹き、夕方が近づくと陸から海側に向かって吹く。それを「海風」「陸風」といってこういう沿岸地帯独特の現象だ、ということをその頃、理科の授業で知った。教科書に書いてあるような自然現象に見舞われる土地なのだ、ということを知ってなんだか自慢したかった。

よく晴れた日曜日などは母に布団干しを命じられた。家の庭は生け垣に囲まれていたが、そこに干すことはできなかった。垣根には蔓生《まんせい》の植物がたくさんとりまいており、そこに布団を干すと草から湿気を吸うから駄目、という理由だった。

仕方がないので梯子《はしご》を使って屋根の上に布団をならべた。ひとりではたいへんなので弟に手伝わせたが、体が小さいのでたいして役にたたず、結局ぼくがその仕事の大部分をやらねばならなかった。

家族の布団を全部屋根に並べるのは無理で半分ずつにした。翌週の日曜日が晴れないと先おくりになるけれど、そうなると誰のまで干したのかもうわからなくなってしまった。

屋根の上に干した布団はその上に寝そべるのにちょうどよく、家の中にいると母親がまたなにか用を言いつけるので、それから逃れる上でもこれほど気持ちのいい隠れ場所はなかった。

時々友達が遊びにやってきた。友達は屋根の上に寝ているぼくに気がつかないから、庭からぼくを呼ぶ。ぼくはしらばっくれて少し黙ってじっとしていた。でもそれであきらめて帰ってしまわれると困るので、布団の端を少しめくって声色を変えて「コリャコリャなんの用かな」なんて、紙芝居の親父の声をまねしてよびかけると、友達は最初のうちはどこから聞こえてくるのかわからず右や左をキョロキョロしているのを見ているのがまたたいへん面白かった。

その頃ぼくたちは近くにある中学校の校庭に遊びにいくことが多かった。

冬のあいだはやっていたのはなんといっても飛行機凧で、これは文房具屋で売っている細い木の棒を三角形を基本に組み立てて、表に障子紙を張る。全体のバランスが難しかったけれど、先端部分のオモリにタコ糸をくくりつけて、吹いてくる風にうまく乗るように何度も調節する。その苦労のかいあって向かい風に全体が乗ると、タコ糸の続くかぎりするすると冬の青空に向かってのびていって、もうまったく歓声をあげたくなるほどカッコよかった。

単なる凧と違って風に乗ると糸をひく力がけっこう強く、時々友達の飛行機凧と空中戦などやるときがあり、それに勝つと人生の勝利だ！　などと思ったものだ。

稲毛海浜公園「いなげの浜」では、市民が自作の凧を揚げる「新春市民凧あげ大会」が恒例の行事になっている＝千葉市美浜区で

産業の波が押し寄せてきた

小学生だったその頃には、くわしい内容はわからなかったが、幕張の海が消えてしまった頃、子どもたちのあいだにチラホラと補償金とか漁業権などという、馴染みのない言葉が流れていた。なんとなく見当はついていたが、子どもが正面切って話題にしてはいけないような雰囲気があった。

その一方で町の、とくに海沿いに家があったところの解体、新築建造という動きが目につき、買ったばかりの新しいクルマが町を走りまわった。

バイクなどはその家のあんちゃんが黄色いマフラーなんかをたなびかせながら轟音《ごうおん》をたてて町を走り回るようになっていた。

新しい商店もあちらこちらで開店し、町は一気に騒々しく賑やかになっていった。

その突然の変容をもたらしたのが補償金とか漁業権放棄などといった、言葉を聞いているとなんともモノモノしい響きのする「変化」が大モトにあった。

埋め立て地の先の遠い海に時々走っていた打瀬船の白い帆もすっかり見なくなり、どこからどう見ても海は死んでしまったんだ、と思わずにはいられなかった。

町にいくつものスナックができたのもその頃だった。居酒屋風の店が何店かでき、その界隈《かいわい》はすっかり大人のための一角になっていった。

バーにはやたら頭がでかくいつも肩をいからせて歩いているガラの悪い男たちが入り浸りで多くはよそ者だった。

背中に蜘蛛の入れ墨をしている人は「蜘蛛安のタケ」とまわりの人に呼ばれていた。

どうして「安」と「タケ」というのがつくのかわからなかったがその人の名前のどこかに「安」と「タケ」というのが入っているのだろう、と町の大人たちは噂《うわさ》していた。

埋め立て地の土は草原の緑に染まったが埋め立て地の先端にまた海の家が五軒ほどできたので季節になると以前とはほど遠いがまた潮干狩り客がやってきていた。

でももう以前のように駅から行列が続くほどでもなかったのでバスなどもなく客は長い距離を歩いて行き来していた。

埋め立て地から外れた町の西側にあった「貝灰

千葉県の海辺の町にはかつて、貝殻を石灰や肥飼料などに加工する貝灰工場がいくつもあった。写真は、浦安の貝灰工場（浦安市郷土博物館蔵）

工場」は気がつかないうちにつぶれていて海岸沿いに四つも五つもあった貝灰工場はそれですべてなくなってしまった。

代わって埋め立て地の東の端の畜産場の規模が大きくなり東からの風が吹いているときはそのあたりからブヒーブヒーという悲しげな鳴き声が聞こえ、くさい臭いも流れてきた。

町は昔からのものがどんどん消えていき、入れ替わりに外部から入ってきた産業が増え始めていた。

漁業権を売って補償金で家を建て替えたりクルマを買ったような人がバクチで有り金をすっかり失い、知らぬ間によそに行ってしまう、というようなことを大人たちからよく聞くようになった。

消えていった袖ケ浦の生き物

幕張を出たのは十九歳の頃だった。単身、身の回りのものだけ持って東京の下町のアパートに仲間四人、六畳間での共同生活を始めた。同じ幕張から同行したのは一人だけで、あとは高校のときに東京に転校した友達とそいつの親友という組み合わせで、とくに四人が深いつながりを持っていたわけではなかったが、俗に「一人口は食えないが二人口は食える」(一人では経済的にやっていけないが複数ならなんとか)といわれているのを実践したのだった。

毎日この四人が顔を合わせる、というわけではなかったが、互いに生活費を出し合って共同生活をするのは思った以上に楽しかった。だからぼくの母親には「ほんのちょっと仲間と合宿生活をしてくる」と言って家を出たのだが、結局そのまま幕張には帰らなかった。まあ簡単にいえば緩やかな家出のようなも

のになったのだった。

越してきた古いアパートには洗濯する場所もないほどだったから洗濯物がたまるとそれぞれ実家に帰って洗ってもらう、というあまったれた共同生活になっていた。そのため週に一度ぐらいの割合で洗濯物の入った袋を持って幕張に帰った。洗って乾くまで一日はかかるから、そのときは実家に泊まることになる。

自転車で必ず海を見に行った。その頃は「幕張草原」はほとんど消えていて、ほんのついせんだっての記憶にある風景はもうどこにもなかった。いたるところでいろんな工事がおこなわれていて、そのあたり全体がバクハツするような活気に満ちていた。なによりも驚いたのは、今までその町では見たこともない鉄骨コンクリートの高層ビルがあちこちに建設されつつあったことだった。

地元に帰るといろんな情報が耳に入ってくる。幕張の海岸は単なる再開発の域を超えて、そこに東京を補佐するようなかたちで巨大で多機能な「新都心」を造ろうとしているらしい、という話を聞いた。

なるほど、同じ頃にやはり急ピッチで拡大整備の進んでいた成田の国際空港と東京都心を結ぶにはちょうどいい中間地点になる。大きな国際的なイベントなどがおこなわれるアリーナのようなものも造られるといい、びっくりしたことに本格的な野球場の建設も始まっていた。

袖ケ浦といわれたそのあたりで小さな魚や貝を捕っていたぼくの記憶のほうがまだ鮮明で、そこに高層ビルなどができる、ということを聞いてもにわかに信じられない気分だった。もうその頃になると夏の季節になっても潮干狩りなどのために海にやってくる人はいなくなっていたのだろう。

ぼくは埋め立て地から外れた古くて小さく（懐かしい）海岸からその建設現場を見て、この巨大な埋め立て地とその上に並ぶ建造物の下に何億という海の小さな生物が埋められてしまったのだろうなあ、としばしの感傷に浸ったりしていたのだった。

できたての海岸の感傷的な風景

幕張に住んでいたのは六歳から十九歳までだった。人生でいちばん多感な時期だったから、その後東京で暮らしていても、ことあるたびに幕張のことが気になった。幕張メッセという思いがけない都市化への変化が急激で、驚くことばかりのニュースを耳目にしていた。

ぼくがサラリーマンになったのは二十二歳だったが、勤めていた小さな会社が銀座八丁目にあって屋上に行くとビルとビルの隙間から東京湾がチラリと見えた。子どもの頃からずっと見てきた風景のちっぽけな切れっ端だったけれど、仕事が忙しく厳しいときなど「それ」を見るとなにかがなごんだ。

日曜日などに時々息抜きのためにクルマをとばして幕張に行った。まだ母や兄などが住んでいる実家があったし、小学校の頃からの親しい友人たちに会う

のも楽しかった。子どもの頃とは違って居酒屋などでビールなど飲みながら昔ばなしをすることができる。いきなり行ったのにいつの間にか五人、六人と昔の遊び仲間が集まってきてちょっとしたクラス会のようになっていた。まだ携帯電話などなかった頃なのによくあんなに迅速に集まれたものだ、と今になると改めて感心する。そういう場での話は、急激に変わっていき、

幕張メッセ（左端）が開業したばかりの頃の幕張新都心。ビルも次々と建設された＝千葉市美浜区で

どんどん変化している幕張メッセのことが多かった。

やがて超高層ビルのホテルができる、大規模なマンションや学校がいくつもできる、プロ野球の試合がおこなわれるような本格的な野球場ができる、などというオドロクべき話がとびかった。「つまり、総合して東京をしのぐ近代都市になっていくんだよ」などと都市評論家のような顔をして大きなことを言うやつもいた。子どもの頃、まっくろになって海岸を走っていた千葉っ子が「つまり」なんていうのがおかしかった。でも自分たちの予想をはるかに超えた変化を現実に目にしているのだからみんなそんな話に大きくうなずいていた。

そういう日は夜更けまで飲んで実家に泊まっていき、翌日東京に帰るまえにまた海を見に行った。埋め立て地の先に大量の土を敷きつめた人工海岸が造られ始めた頃だった。

昔の本当の海岸をたくさん見てきた目には馴染みのないきれいな海岸が広がっていてちょっと鼻白む気分だった。その新しい海岸には昔の海岸に必ずあったアオサの腐った堆積もなく、湘南あたりの海のように波が直接海岸を洗っていた。ぼくは靴や靴下を脱ぎ、ズボンをまくってちょっとだけ海の中に入った。できたての海岸には逃げていく小さな稚児蟹や足の裏にあたるニナ貝のこつこつした感触もなく、波打ち際にかならずある小さな命のせめぎあいのような体感がなにもなかった。

できたての海岸、というのはなんとも鈍感で心細いものだった。でもこの海岸もやがてそれなりに成長していくのだろうな、という予感もした。そして自分がいかにいい時代をここで過ごしたのか、という感傷から逃れることはできなかった。

男衆が燃えた最後の「火祭り」

冬休みはきっぱりしている。

汗じゃないけどだらだらしているうちに夏休みになってさらにだらだら毎日過ごしていくのとは違って、冬休みはきっぱり始まり、きっぱり終わる、という印象がある。短い期間だからぐずぐずしていられないのだ。

町もなんだかわからないうちに慌ただしくなり、いつもの風景とは変わっていく。

その頃開店した店で初めてネオンがついたのも大ニュースだった。なにしろ幕張で初めてのネオンサインなのだ。夕方になるとみんな見にいった。ピンクの文字にピンクの管がとり囲んであるだけで別にどこかがマタタクということもない無愛想なネオンだったけれどぼくたちは腕を組んでフームなどと感心して見ていた。でも当然ながらすぐに飽きたけれど。

暮れがおしつまる前までに、まだ残っている一丁目の浜田川沿いの河口でかなり大きな焚き火をやるのも楽しみだった。

「かばんしょ」の青年団が率先して、狭くなった浜に散らばった海苔ひび用の古竹や、壊れて浜のところどころに転がっているベカ舟の廃材などを集めてきてそれを燃やすのだ。小中学生は最初の焚き付けになる各種のゴミを集めてくる。

日が暮れてくるとかばんしょの石油トーチ（照明灯）がいくつか焚かれて浜はにわかに明るく活気のある風景になる。もうこの幕張の浜もおしまいだ、と町の人はみんなそれぞれ寂しげに言っていたけれど、この年末の焚き火は景気がよかった。一丁目に住んでいる篤志家が一升瓶を二つ結びつけたのを「差し入れだよお」と持ってきてくれた。

それが届く頃、青年団の数人がパンツや褌《ふんどし》ひとつになって、まだ水の流れている浜田川から海のほうに「うひゃあ、うひゃあ」と言いながらどんどん入っていくのを見るのも楽しかった。彼らが海に入っていくと、戻ってきたときのぬくもりのために浜にいる人たちは火持ちのするベカ舟の厚い板を焚き火に投げ込み、近くにある一丁目消防団詰め所から持ってきた茶碗をくばり、早くも飲みだしていた。それを見ながら長老たちが「この火祭りも今年でもう終わりだべ」と言っているのを聞いてしまいなんとも寂しくなった。

しばらくするとさきほどの「うひゃあ、うひゃあ」の叫び声がまた聞こえてきて、水ごりに行っていた連中がバシャバシャ水をはじいて戻ってきた。寒いからなのか六、七人がひとかたまりになっている。そこから水蒸気のようなものがわきあがっているのがいつも見ものだった。

それを見てぼくも彼らぐらいの年になったら褌で海に入っていくのを夢見ていたが、どうやらそれは叶《かな》わぬ夢らしい、とさきほどの長老らの話から察した。焚き火にあたり茶碗酒をガブ飲みしている青年らから期せずして「バンザーイ、バンザーイ」というヤケクソみたいな声があがり、ぼくたちも慌てて追唱した。なにがバンザーイなのかわからなかったけれど。

それから

少年たちはずんずん成長していく。海風がそんな背を押していく。潮風少年たちは知らないうちに大きくなっていった。でもまだ中学生だ。日焼けまっくろの中学生マサイになっていったのだ。やがて東京新聞が出版するであろう続編を待ってもらいたい。

装画・本文挿絵＝沢野ひとし

椎名誠（しいな・まこと）
1944年東京都生まれ。作家。「本の雑誌」初代編集長。流通業界誌編集長を経て、79年『さらば国分寺書店のオババ』でデビュー。主な著作は『犬の系譜』（講談社）、『岳物語』（集英社）、『アド・バード』（集英社）、『中国の鳥人』（新潮社）、『黄金時代』（文藝春秋）など。近著は『階層樹海』（文藝春秋）、『こんな写真を撮ってきた』（新日本出版社）、『遺言未満、』（集英社）。「あやしい探検隊」シリーズなど著書多数。趣味は焚き火キャンプ、どこか遠くへ行くこと。

「椎名誠　旅する文学館」ＨＰ
http://www.shiina-tabi-bungakukan.com

幕《まく》張《はり》少《しょう》年《ねん》マサイ族《ぞく》

2021年5月31日　第1刷発行
2021年6月22日　第2刷発行

著　者　椎《しい》名《な》誠《まこと》
発行者　岩岡千景
発行所　東京新聞
〒一〇〇－八五〇五　東京都千代田区内幸町二－一－四中日新聞東京本社
電話［編集］〇三－六九一〇－二五二一
　　［営業］〇三－六九一〇－二五二七
FAX〇三－三五九五－四八三一

装丁・組版　常松靖史［TUNE］
印刷・製本　株式会社シナノパブリッシングプレス

ISBN978-4-8083-1057-8 C0095